淺草鬼妻日記 八

妖怪夫婦與吸血鬼共舞

友麻碧

輕文學
Light Literature

目錄

淺草鬼妻日記 登場人物介紹

擁有妖怪前世的角色

前世
鵺

夜鳥（繼見）由理彥

真紀和馨的同班同學，擁有假扮人類生存至今的妖怪「鵺」的記憶。目前與叶老師一起生活。

前世
茨木童子

茨木真紀

昔日是鬼公主「茨木童子」的高中女生。由於上輩子遭到人類追殺，這一世更加渴望獲得幸福。

前世
酒吞童子

天酒馨

高中男生，是真紀的青梅竹馬也是同班同學，仍然保有前世是茨木童子丈夫「酒吞童子」的記憶。

前世的眷屬們

《酒吞童子　四大幹部》

熊童子

虎童子

生島童子

水屑

《茨木童子　四眷屬》

深影

水連

木羅羅

凜音

其他角色

小麻糬

津場木茜

前世
安倍晴明

叶冬夜

我的名字是來栖未來。

然而擁有這個名字的少年，早已算是不存在於世界上。

小時候，一個並非人類的龐然大物沒來由地憎恨我，大口撕裂我的雙腿。

那件事發生在大白天，小學的操場上。

在超乎常理的地點發生的，超乎常理的慘事。

我立刻被抬到救護車上，在生與死的邊界徘徊一陣子。

所幸最後保住了性命，但雙腿遭無從說明的「某種存在」吃掉，這事無論跟誰說，都沒有人相信我。

就連我自己也不明白。

為什麼？為什麼我看得見其他人看不見的東西？為什麼它對我懷著深仇大恨？

我失去雙腿，不得不倚靠輪椅生活。

爸媽仍舊無法接受，我身上怎麼又發生這種不可解的離奇事件。

不光這一次，無論是之前或之後，我都頻繁遇上怪事，常因此受傷，有幾次甚至還危及性命。

爸媽在身心都承受極大的壓力，開始認真思考是否有什麼東西附在我身上，四處尋訪靈媒。但那些人都是些招搖撞騙的不入流之輩，還是沒能找到解決的方法。

後來，有個外國女人來找我，想來她是從那些江湖術士口中聽到我的傳聞。

那個女人名叫厄克德娜。

厄克德娜說，她可以讓我從這種痛苦中解脫。

爸媽當時已疲憊不堪，不得不仰賴這個來歷不明的女人。

他們的黑眼圈極深，體型消瘦到不健康的程度，簡直像是遭到聚集在我周圍那些妖怪滿是惡意的靈氣攻擊一般。

厄克德娜來了一次又一次，企圖用花言巧語洗腦爸媽。

時而體貼、時而激昂，緊緊抓住爸媽的心。

『這孩子被下了詛咒。如果想要解開這個詛咒的話，他必須離開日本。不如先將這孩子交給我……』

最終，爸媽答應了。他們或許也是為我著想，但想將我趕出視線範圍的心情大概更為強烈。

厄克德娜施展不可思議的魔法，從爸媽腦中消除關於我的記憶，並運用金錢和權力，徹底抹殺我曾經存在於這個世界上的事實，捏造我死於火災的紀錄。

然後，她帶著我離開日本。

我對於自己害爸媽內心傷痕累累又身體衰弱懷有很強的罪惡感，便聽話地跟著厄克德娜走。

同時，我也想弄清楚那些襲擊我、帶著不祥氣息的東西到底是什麼。而且，反正爸媽也不記得我了。這個世上，再沒有一個地方是我的家。

厄克德娜有一件事說對了。一離開日本這個國家，就不曾再有妖怪不分青紅皂白地想取我性命。

我身上的詛咒、某種誘使妖怪憎恨我的力量，似乎只對日本的妖怪有影響。

但厄克德娜這個女人，其實是異國海盜集團「波羅的・梅洛」的首領。

儘管沒了來自日本妖怪的攻擊威脅，我的日常生活卻墜進更加殘酷的地獄。

名為波羅的・梅洛的海盜組織，會在全世界狩獵非人生物，也就是異國妖怪、怪獸、幻獸或怪物等這類存在，然後再以高昂價格賣給收藏家。因此，他們培養了不計其數的戰士。

這些戰士俗稱「狩人」。

成為狩人的第一項條件就是，具備看得見妖怪的能力。

擁有足以應付各種戰鬥的充沛靈力。

還有，嗯，身體要天賦異稟，能捱過五花八門的實驗存活下來。

他們從世界各地抓來許多孩子，或者從育幼院領養，然後像我那時一樣抹殺他們的存在，將人帶到位於海上的船中。

來到這裡後，那些孩子必須捨棄自己原本的名字，只以代號相稱，接受組織的培養。

我被賦予的名字是「雷」。

他們幫早已失去雙腿的我裝上特殊的義肢。我獲得靠自己站起來走路的工具，代價是必須承受各式各樣的實驗、熟記大量術法，還有狩獵異國的非人生物。

沒錯，只要清楚敵人的特徵、熟記標準做法，要狩獵那些逼我踏入這個地獄的妖怪並非難事。

但我周遭的孩子們，不管年紀比我大或比我小，一個一個相繼因熬不過嚴酷的訓練及實驗而消失蹤影。或是因為各項數值低落，等我注意到時，才發現早已好久沒看到這個人。

看得見妖怪的孩子們，隨時都可能慘遭捨棄。

而我有一天也會被操到破爛不堪，失去所有利用價值，最終被組織捨棄。

我曾多次冒出想死的念頭，可是最終還是活了下來。自己雖沒有意識到，但在不知不覺中，我成為了遠比其他人還要優秀的狩人。

可是有一天波羅的・梅洛的船開回日本，引發我劇烈的頭痛。

頭痛發作時，總難熬到讓我覺得乾脆死了還比較輕鬆。

遭頭痛侵襲時，我身邊會出現無數暗影，宛如「漆黑的手」四處揮舞、拉扯我的頭，想要扭斷我的身體。

這是什麼？

即便妖怪不再覬覦我的性命，但只要這些黑色的手一出現，過去那些妖怪所留下的舊傷就陣陣發疼，大腦內彷彿有什麼失控亂竄，頭痛得不得了。

這也全都是那群日本妖怪害的。

要不是他們，我現在依然跟爸媽在一起共享天倫之樂，也不會失去雙腿，更不會在這種地獄裡過著染滿鮮血的生活。

我身邊雖有狩人的夥伴，但就算感情變得要好，某一天對方也會不幸喪命。

總是這樣，無一例外，已經發生太多、太多次了。

失去好友的悲傷太難熬，使我開始避免跟其他狩人夥伴過於親近。

一點一滴，一絲一毫。

孤獨與憎恨宛如黑漆漆的煤灰，在心中越積越高。

直到某天，一群日本大妖怪來到波羅的·梅洛的船上。

厄克德娜邀請了幾位大妖怪生意夥伴前來，而我本能地厭惡、恐懼那些妖怪。

不過……

「你不需要害怕，我是來幫你的，我很了解你的情況。」

有一隻女狐狸在說完這句話後，溫柔地抱住我。

她是擁有兩條尾巴的美麗白狐，名叫水屑。

「唷呵呵。我終於找到你了，我尊貴的王。讓我來引領你實現願望吧。雖然我是妖怪沒錯，但我知道你在尋求的『答案』。」

水屑大人趁厄克德娜不注意的空檔，告訴我許多事。

為什麼我的命運會如此悲慘？為什麼妖怪整天攻擊我？為什麼痛到讓人失去求生意志的頭疼會不時發作？

水屑大人說，這些都與我的前世有關。

「前世？前世是什麼？」

「就是你出生在這個世界上之前的上一段人生。雷，你是一千年前確實存在過的人類——源賴光的轉世。」

「……」

我愣了一會兒。一千年前？那是什麼時代？

「請問，源賴光……是誰？」

很遺憾，我對日本歷史並不是那麼熟悉。

「源賴光是平安時代赫赫有名的退魔武將。你之所以會遭妖怪嫌惡、憎恨，性命屢受威脅，就是因為過去源賴光殺害了不計其數的妖怪。那些襲擊你的黑手，是遭源賴光殺害的妖怪之怨念或惡靈之輩。」

豈有此理，我再度陷入絕望之中。

「可是，那些過去跟我又沒有關係……我什麼都不記得，也不是我殺的！為什麼我非得背負那些怨恨不可！」

「唷呵呵，你說得很有道理。可是有很多妖怪記得你魂魄的氣味。而我，也是清楚記得那股氣味的妖怪之一。」

水屑大人的獸眼微微閃著流光。

緊緊擄獲我。

「業。因果報應——最終輪迴到了你身上。」

假如我真的擁有「源賴光」這個前世，當時的我跟水屑大人是什麼關係呢？為什麼她會對一切瞭若指掌？

水屑大人嗤嗤地笑了。

「為了活下去，你這輩子也必須手刃許多妖怪。那是宿命。」

「怎麼可以……那我以後不是又會成為箭靶！又會一直沒完沒了地招致妖怪怨恨！不管將來轉世多少次，永遠都……」

即便我死後，也無法從這道詛咒中解脫。

若說這是宿命，那我該懷抱什麼希望活下去才好？

該把什麼當作救贖才好？

我趴在地面，內心痛苦不已，淚水直流。

「只有一個方法……能將你從這種命運之中解放出來。」

水屑大人貼向我耳邊輕聲說：

「在你體內，同時也沉睡著源賴光過去殺死的『酒吞童子』這個鬼的魂魄。」

「鬼……？酒吞……童子？」

我抬起頭。那個名字，好像曾在哪裡聽過。

「沒錯，就是因為酒吞童子的魂魄跟源賴光的魂魄相互對抗，你才會深受劇烈頭痛的折磨。你沒有經歷過嗎？宛如渾身俱裂般的疼痛。」

「……」

「如果你想擺脫那種疼痛，只有喚醒鬼的魂魄，讓你自己成為酒吞童子這個方法。」

「讓、讓我自己……是叫我變成鬼嗎？」

「嗯，沒錯。只要這樣，渾身俱裂般的頭痛就會痊癒，你魂魄的氣味也會跟著改變，那群妖怪就不會再攻擊你。」

雖然我沒辦法立刻相信她的話，但是……

「我明白了。那我該怎麼做？」

只要能改善眼前狀況，就算是病急亂投醫我也得放手一試。

水屑大人美豔的嘴唇勾起一道弧線，緩緩說道：

「其實還有另外一個人，身上也寄宿著酒吞童子的魂魄。」

「咦？」

「他的名字叫做天酒馨，是跟你同樣年紀的少年。但與你不同的是，他以酒吞童子轉世的身分，深受妖怪信賴及敬愛，過著十分安穩的生活。」

「……」

「他還以普通人類的身分去上學喔。明明他跟你一樣，身上都只寄宿著酒吞童子一半的魂魄而已。」

我們簡直像是一個活在天堂、一個活在地獄，可是他跟我明明是一樣的。

「你只要殺了他，吸收他那一半的魂魄碎片，成為完整的酒吞童子就可以。只要成為酒吞童子，你便能壓制、消滅源賴光的魂魄，妖怪就不會再憎惡你。畢竟你可是妖怪之王呢。」

「……妖怪之……王。」

在變成酒吞童子的那個瞬間，或許我就不再是我自己。

我的存在，或許會消失得無影無蹤。

不過，無所謂。

我的存在早就已經消失。

無論是從這個世界上，還是從爸媽的心裡。

「如果你同意這麼做，我會助你重獲自由。像波羅的・梅洛這種組織，我隨時能破壞它。」

水屑大人同時在我耳邊低聲透露另一件事。

關於破壞海盜組織波羅的・梅洛的事。

那是我心底早已悄悄萌芽的想法，也是我的願望。

「……我明白了。水屑大人，就照妳說的做吧。我會殺了另外一個酒吞童子魂魄的寄宿者。」

我這雙手曾殺害過無數妖怪、做盡殘酷之事。

現在不過是要殺一個人類，我不會遲疑。

如果我能獲得自由，從無盡痛苦與恐懼中解脫，要我殺人也行。

一路走來我吃過太多苦頭了。現在我只是想要追求自身的幸福，並不過分吧……

水屑大人滿意地看著我，

「對了。」

她提起另一件事。

「酒吞童子以前有一個深愛的妻子喔。」

「……妻子？」

「嗯，那個妻子也是鬼，名叫茨木童子，她也轉世到現代。」

「……」

不知道為什麼，我聽到那個名字的瞬間，心臟撲通一聲劇烈震動。

「等你變成酒吞童子之後，想必她也會在前世命運的引領下，打從心底愛你，撫平你的傷口吧。」

內心泛起一陣欣喜，像是有一道光束射進黑暗之中。

那是停駐在胸口的希望。

茨木童子的轉世，那個女孩的存在，強烈撼動我的心。

我總是惹人嫌、招人恨，一直都孤零零一人。

但只有那個女孩——

或許，她或許會愛我。

或許會需要我。

她是個怎麼樣的女孩呢？

好想快點、快點見到她……

那個女孩的名字，叫做茨木真紀。

我第一次遇見真紀，是跟狩人夥伴去淺草狩獵時。

那個擁有一頭透著紅色的微捲秀髮，惹人憐愛的少女……

我在初次踏進的餐廳裡不知如何是好時，真紀出手相助。

光是看見她的身影、聽見她的聲音，內心就震動不已。明明我是第一次見到她，湧上心頭的這份情感究竟是什麼呢？

可是，真紀……

她早已與另外一個酒吞童子的轉世重逢了。

而且他們彼此相愛。

沒錯，擁有另一半魂魄的天酒馨。

據說天酒馨天生就擁有酒吞童子的記憶，那是我所沒有的。

因此他得以跟真紀共享相同的記憶，彼此信賴。

為什麼？

明明我身上也寄宿著酒吞童子的魂魄。

雖然水屑大人說那是由於源賴光的魂魄更為強勢，但我連身為源賴光的記憶都沒有。

前陣子在隅田川岸邊遇見真紀時，她對我說：

「我們之間，根本沒有關係。」

這太奇怪了。

我只要看到妳、聽到妳的聲音，內心就會盈滿愛意，幾乎要流下淚來。這份感情鼓脹到像要炸開胸口噴發出來一般。

如果我們真的沒有一點關係，那我的內心不該會有這種反應。

這肯定就是酒吞童子的記憶，他的情感。

既然擁有酒吞童子的情感，表示我果然也是酒吞童子的轉世。

但真紀並不相信。

她的視線冰冷，透著恐懼和恨意。

就像我至今遇過的那些不計其數的妖怪一樣……

○

「真紀喜歡的是天酒馨。不是我，而是另外一個酒吞童子。」

我縮在漆黑房間的一角，幽幽低喃。

就在剛熬過一陣讓人想死的頭痛之後。

「要是我殺了馨，她肯定會很傷心吧。」

她肯定會恨我。

永遠都不會原諒我。

我不想被真紀討厭。如果真紀討厭我，我就真的失去僅存的唯一希望。

在漆黑的房裡，有一扇四方形的小窗戶。

從那兒射進一道光。

那就是真紀對我而言的意義。

「雷，你不能自亂陣腳。」

水屑大人不知何時已站在房間中最為黑暗之處，語調柔和地輕聲告誡我。

水屑大人的尾巴只剩下一條了。

「茨木真紀搞錯了。既然你跟天酒馨都擁有酒吞童子一半的魂魄，沒道理只能愛另外一個。」

「沒辦法，幸運之神眷顧的是另外一個。」

「但只要你殺了天酒馨，將酒吞童子殘存的另一半魂魄化為碎片納入體內，你就能成為酒吞童子完整的轉世。這樣一來，那個小女孩就只能愛你。畢竟除了你之外，她再也沒有其他前世的丈夫。」

「……真的是這樣嗎？我不這麼認為。」

在我看來，真紀愛的是天酒馨這個人。

比起他是酒吞童子的轉世這項因素，更重要的是他自身。

「一切都不可能改變的，反正沒有人會愛我。」

「……」

明明是自己講出的話，我卻忍不住痛哭起來。

如果早知道最終只會突顯出自己的孤單，早知道會深受悲慘自憐的侵襲，我就不該去見真紀的。明明不該相見……

「那麼，你要一生背負著那個詛咒和痛苦折磨嗎？獨自一人，孤零零地。」

「……」

「如果殺了天酒馨，你就能擺脫這種痛苦折磨。只要殺了他。」

水屑大人的話語如催眠一般在我腦中縈繞著。

我必須殺了天酒馨。我必須。

不，不行。要是這麼做，會惹真紀傷心。我不想害她傷心。

調查報告上有寫，真紀的爸媽也是因為妖怪的緣故出意外過世。

想必在她最脆弱無助的時候，是天酒馨一直在身邊陪伴她走過來的吧。

正因為那份羈絆是由這一世的點滴回憶累積出來的，天酒馨才會成為她最心愛的人。

「哈，那我只好殺了茨木真紀。」

「……咦？」

我猛地站起身。水屑大人的話讓我驚愕地睜大雙眼。

「唷呵呵，雷，都是你害的喔。原本只要你變成酒吞童子，讓茨木真紀傾心於你，她就不會構成威脅，我就不用殺她了呢。」

「……」

水屑大人的眼神閃著冷酷的光輝，讓我知道她並不是在開玩笑。

我很感謝她告訴我一切，卻也十分清楚這位大妖怪極為殘酷且冷酷。

我明白，真紀不會愛上我。

但我希望至少能夠保護她。而水屑大人的目標是天酒馨。

待在天酒馨的身邊，真紀有一天必定會遭遇不測、遭到殺害。

水屑大人的背後還潛伏著許多對真紀虎視眈眈的大妖怪。

「等等！等一下，水屑大人。」

「……」

我在水屑大人的腳邊跪下，語帶哀求地說道：

「我、我會……殺了……天酒馨……」

水屑大人用冰涼的雙手撫上我的臉頰，抬起我的臉。

她的臉龐染上若有似無的紅暈，露出溫柔的微笑。溫柔到令人不寒而慄。

「很好，雷。我會分自己的一部分咒力給你，那股力量能夠確實埋葬天酒馨。」

接著，她將豔麗而冰冷的雙唇，貼在我的唇上。

當時我心想，事到如今，我再也沒有退路了。

真紀，為了保護妳，我要殺了天酒馨。

即使往後妳會一直恨我直至我性命終結的最後一刻，我也在所不惜。

第一章 三社祭

我的名字叫做茨木真紀，是個高三生。

也是千年前實際存在過的鬼——茨木童子的轉世。

今天早上起床時，略帶紅色的長髮一如往常亂糟糟地炸開。我頂著一頭蓬鬆亂髮踏上陽台，溫暖的陽光令我不禁露出微笑，大大伸個懶腰。

「噗咿喔～」

「啊，小麻糬，早安。今天天氣也很好耶。」

企鵝寶寶小麻糬揉著眼睛，拖著心愛的毛毯爬起身。

他跑到我腳邊要求抱抱，我便將他一把抱起來。

這隻小可愛是一種名為月鶇、擅長喬裝的鳥類妖怪，不曉得為什麼在變成企鵝寶寶後，一直維持這副模樣，已經快要一年了。他還是個小孩子，很愛撒嬌。

「欸，小麻糬，三社祭今天就開始囉。這幾天淺草會很熱鬧，街上到處都會擠滿人，你看到可能會嚇一跳喔。」

「噗咿喔？」

小麻糬聽太不懂我在說什麼。

他無辜的雙眼睜得圓滾滾的，正是一副在想早餐要吃什麼的表情。

「好祥和喔。」

看著小麻糬悠然自得的模樣，我的內心就跟著安穩下來。

自從黃金週連假去了一趟馨在大分的外公家回來後，天候一直十分宜人，每天都過著平和的日子。

儘管這其實是暴風雨之前的寧靜。

「馨，早安～」

「……早。」

「馨，你看起來還很睏耶。」

平常上學前，住在同一棟公寓的天酒馨都會來我房間接我，但是，今天難得是我先出家門去找他。

馨是我的青梅竹馬，也算是我的男朋友。

是說呀，我們的關係其實不像一般的學生情侶。畢竟他可是酒吞童子這個大妖怪的轉世，我們上輩子是一對夫妻。

現在都已經出門走在路上，馨仍舊顯得十分睏倦，從剛才就連續打了好幾個大呵欠。他擁有千年難得一見美男子的美譽，今早卻顯得神采黯淡。嗯，真是可惜了。

「你怎麼啦？昨天很晚睡嗎？」

我望向馨的臉。

「我說妳呀，全國模擬考就快到了吧。這次會判定志願校系的落點，妳好歹是個準考生，該開始認真念書了。」

「……」

「啊，妳這傢伙，居然明顯移開目光。」

正如馨所說，還沒開始認真準備考試的我正仰望著遙遠的天空。雖然我都有認真寫作業，但光是這樣並不足以應付考試。

考高中時，我很想跟馨和由理就讀同一所高中，每天都拚死命狂啃書。但考大學就不同了，我們未來的道路開始岔向三個不同的方向。

馨要考大學，如同大多數人的選擇。

由理現在是叶老師的式神，大概會放棄考試。

我……該怎麼做才好呢？

好希望我們永遠是高中生三人組，但剩下的時間肯定比我以為的還要短暫。

「我之前很少問妳將來的事，可是真紀，妳想怎麼樣？妳要考大學嗎？」

這一天終於來了，馨開口問我這件事，我的肩膀明顯繃緊。

「嗯、嗯，我也是想了很多啦。」

「真紀大人，妳的眼神很飄忽喔。」

馨牢牢盯著我。

上次陰陽局的津場木茜邀我去讀京都的學校。那是由陰陽局營運、位在京都的退魔師專科學校。

我還沒跟馨提過這件事。

我們擁有遭人類退魔師殺害的前世、曾經身為鬼的記憶，結果這輩子卻去念訓練退魔師的學校，這種事哪有可能輕易說出口？況且，我也還沒下定決心。

「欸，馨，不管我選什麼學校，你都會同意嗎？」

「為什麼需要我的同意呀？這是妳自己的將來、妳自己的人生，去念妳想念的學校就好啦。」

「話是……這樣說沒錯。」

大概是由於我的態度模稜兩可，馨低頭望著我的表情有點複雜。

這時我們正好走出國際街，來到我的眷屬——水蛇大妖怪的水連經營的藥局前，這個話題便暫告中斷。

去上學前先將小麻糬送到阿水的藥局，是我們每天的例行公事。簡直像夫妻在上班前把小孩送去幼稚園似的。

「早安啊～真紀～三社祭今天開始耶。看來會是好天氣，太好了。」

阿水來到門口，用一如往常的熱情語氣迎接我們。

「早呀，阿水，你也要參加三社祭嗎？」

「當然囉～隸屬於淺草地下街的妖怪，也會在淺草的狹間扛神轎遊行。我今天得去忙著準備那邊的活動，順便跟幾個相熟的妖怪夥伴開懷暢飲一下。我每年都很期待這一天，小麻糬，你也喜歡熱鬧吧～？」

「噗咿喔～噗咿喔～」

肚子正被阿水搔得癢呵呵的小麻糬應該是有聽沒有懂，但依然活力充沛地應了兩聲。

「不好意思，在你正忙的時候麻煩你照顧小麻糬。」

「沒關係沒關係，畢竟我們家多的是保母呢～」

阿水面露苦笑，回頭一指，影兒跟木羅羅早就從起居室探出頭來望著我們。

兩人都是茨姬過去的眷屬。是說，影兒跟阿水這一世又成為我的眷屬。

我的目光越過阿水，出聲向兩人打招呼：「早安。」

「早安！」

「早唷～」

一聽到影兒跟木羅羅的聲音，小麻糬立刻跳出我的懷抱，發出啪嘰啪嘰的腳步聲朝那個方向衝過去。

他很喜歡這兩個每天陪他玩耍的哥哥和姊姊。

「話說回來，馨，你怎麼啦？你今天好沉默，看起來很愛睏。」

「囉嗦。」

儘管阿水才剛說他，馨依然忍不住打了一個大呵欠。

「要喝一杯很苦的提神茶嗎？」

「免了，你那些茶實在有夠苦。」

短暫交談幾句後，我們就離開阿水的藥局，往位在上野的學校走去。

馨沒再提起剛剛講到一半的未來出路話題，令我暗自鬆一口氣。

「今天要上課看不到遊街，但到時一定會有很多人來淺草玩吧。馨，你今天傍晚要去擺攤打工嗎？」

「嗯，這可是工作賺錢的好時機。」

「章魚燒？烤雞肉串？」

「起司熱狗。」

這也是現在最流行的。

「起司熱狗呀，班上那些女生都說很好吃，還是我也去吃一下好了？」

我對跟隨流行不太有興趣，但如果是馨努力叫賣的熱狗，我也想吃看看。

「聽說卡路里高得像鬼一樣，但真紀大人應該沒問題，卡路里看到妳就會嚇得逃之夭夭，畢竟妳原本就是個鬼。」

「馨，你現在是在說夢話嗎？算了，確實就算卡路里高得像鬼我也不怕，畢竟我原本可是個鬼。」

沒錯，我們原本都是鬼，還是一對夫婦。

在平安時代名震天下的酒吞童子及茨木童子的轉世。

當年，我們是率領眾多妖怪到大江山建立妖怪之國的君主及女王，但最後人類殲滅了我們的國度。

儘管此生已轉世為人，上輩子的因果依舊縈繞著我們。

三社祭是淺草每年在五月的第三個星期五、星期六及星期天，一連舉行三天的重要活動，在日本是具有代表性的祭典。

今天星期五有遊街，但很遺憾這項活動在我們的上課時間內就結束了。

星期六會有高達百座的區內神轎在淺草各處出巡。

星期日則由淺草神社的三座本社神轎出巡。

原本淺草就每天都有大批觀光客造訪，不過三社祭的人潮可是擁擠到可以跟夏季花火大會跟新年參拜匹敵的程度。印象中，這三天會有超過一百五十萬人來到淺草。

馬路會實施交通管制，有很大一塊區域變成禁止車輛進入的步行者天國，現場也會安排警力，實在是極為喧騰歡鬧的三天。

三社祭的核心淺草神社裡，以鄉土神之名祭祀著與創建淺草寺淵源頗深的三個人，是以淺草神社尊稱其為「三社大人」，名號廣為人知。

在三社祭時，淺草神社特殊的三座本社神轎，會分別載著這三尊鄉土神巡訪淺草街道。

午休時間，在民俗學研究社的社辦。

「這樣說來，明天淺草地下街的妖怪也會去抬神轎囉？」

社員夜鳥由理彥邊吃便當，邊提起「三社祭」的話題。

由理乍看之下是位眉清目秀的美少年，實際上是名為鵺的妖怪，平常喬裝成高中男生過著校園生活。

「因為這幾天日本各地的妖怪也會來淺草呀。當然沒辦法真的抬著神轎在淺草大街上走，但狹間裡會有各路妖怪抬神轎出巡，河童樂園的手鞠河童還逼我幫他們設計神轎。」

馨發牢騷的同時，又打了個呵欠。

在打工、讀書準備考試的空檔，還要免費幫忙手鞠河童，難怪他會這麼累。

「那群迷你尺寸的小河童抬得動神轎嗎？」

「神轎也是迷你尺寸囉。況且那些小傢伙都能蓋樂園了，多少還是有一點力氣。平常那副弱不禁風的樣子是裝的啦。」

說的也是。這些妖怪明明體型嬌小又柔軟，卻建造出巨大無比的摩天輪。

我們在社辦閒聊這些妖怪八卦時，坐在另一頭的橘子頭津場木茜臉色發白。

「你們幾個，不要老講這種恐怖的事。什麼啦，那個妖怪祭典。」

津場木茜是陰陽局的王牌退魔師。

今年他轉到我們學校，我們就強迫他加入民俗學研究社。

「不是妖怪祭典，是三社祭。」

「我知道，但茨木真紀，你們剛剛在討論的是假借三社祭之名舉辦的妖怪祭典吧？」

津場木茜咬下便利商店賣的咖哩麵包，大口咀嚼，絲毫不顧形象。

這傢伙是退魔師，凡是妖怪他都討厭。

「你們怎麼能稀鬆平常地跑去那種到處都是妖怪的地方玩，太奇怪了。」

「畢竟……」

「我們前世都是大妖怪啊。」

我跟馨用理所當然的語調回答，津場木茜聽了就猛地仰頭望向天花板

「啊～～天啊～～我要瘋了。」

他不曉得在生什麼氣。不過，這才是津場木茜正常的反應。

「你不要這麼抗拒妖怪，要不要跟我們一起去三社祭？」

「我哪有這種時間，放學後還要工作。」

津場木茜冷淡拒絕，但似乎有什麼隱情。

「這樣說來，你最近都一放學就離開，陰陽局現在這麼忙喔？」

「最近發生多起跟妖怪有關的離奇案件，出現很多血被抽乾的女人跟小孩屍體。」

「……女人跟小孩？」

我背脊竄上一陣惡寒。

津場木茜說得簡單扼要，但想必是件引起軒然大波的案子。

既然陰陽局出動了，自然表示跟妖怪脫不了關係。

「聽你一說，前陣子我有看到相關新聞。咦？凶手不是抓到了嗎？難道還有新的受害者？」

津場木茜聽了馨的疑問，眉頭緊皺，沉默了一會兒。

這是在思考可以透露多少的表情。

「新聞上有報導的案件只是其中一小部分，之前抓到的那個凶手，只是模仿犯案的人而已。還有好幾起這類案件都讓陰陽局刻意壓下來了……因為這些案子跟吸血鬼有關。」

「吸血鬼？」

一聽到吸血鬼，腦海中第一個浮現的是茨木童子昔日的眷屬——凜音的身影。

而且日本自古以來的吸血鬼，現在就僅剩凜音一個人。

津場木茜繼續往下說：

「平常主要在歐洲活動的吸血鬼組織『赤血兄弟』，他們的成員從一個月前就陸續抵達日本。意思就是，東京現在潛伏著很多吸血鬼。」

「赤血……兄弟。」

「嗯，他們原本是一個絕對不會留下絲毫證據的嚴謹組織，把遺體留在容易發現的地方肯定有什麼企圖。但現在就是揪不出他們的狐狸尾巴，真是一群棘手的傢伙。」

我沒料到會聽見這個組織的名字。

由異國吸血鬼組成的大規模同盟，記得凜音應該也隸屬於那個組織。

我正想向津場木茜追問細節時，他的手機突然響起。

「啊啊啊，居然在這種時候來任務！我要請假，幫我跟叶老師說一聲。」

津場木茜跳起身，將剩下的咖哩麵包全數塞進口中，再配咖啡牛奶一起吞下去，便背上總是隨身攜帶的寶刀「髭切」。

最後，他用銳利眼神掃過我們三人，態度強硬地指著我說：

「聽好！這件事你們絕對不准碰。特別是妳，茨木真紀！算我求妳，妳給我乖乖待在淺草，哪裡都別去。」

「咦？但既然有人受害了，我們也能幫……」

「不行！妳沒資格插手這件事。妳要是輕舉妄動，會造成我們的麻煩。」

「可是……」

可是，他說的對。

這跟當時陰陽局主動請我們協助、彼此利害關係一致的波羅的・梅洛事件不同。

津場木茜是藉著這句話在告訴我吧。

告訴我，如果我想參與妖怪相關的大案子，就必須循官方管道。

「不過萬一！萬一妳遇上什麼狀況，就要立刻聯絡我或青桐。雖說淺草設有結界，但也沒辦法隔絕所有懷著惡意的傢伙。」

「啊，你等等！」

津場木茜是急性子，拋下這句話後便立刻跳窗趕赴任務去了。

陰陽局的退魔師很忙碌，經常需要早退出任務，不過因為他外表看起來壞壞的，班上大家都認為他是翹課。

明明他其實有透過叶老師正式請假，明明他其實很認真。

話說回來，我還不曉得津場木茜的聯絡方式耶……

「茜好忙喔。」

由理啜了一口熱茶。

「畢竟那傢伙好歹也算陰陽局的王牌。但聽起來情況不太妙，日本的退魔師必須正面對上西洋的吸血鬼了。」
馨也因這起案子露出擔憂的神情。
「我在波羅的・梅洛那次遇過赤血兄弟，而且他們的兩位頭頭我只要看到臉就能認出來，我們還是應該幫點忙比較好吧？」
聽到我的提議，由理冷靜地搖頭。
「不行喔，真紀。這個案子我有稍微參與，叶老師也說了一模一樣的話，不能讓你們牽扯進來。」
「為什麼？由理。」
「馨，因為赤血兄弟極為殘酷。你有聽過德古拉伯爵及巴托里・伊莉莎白……吸血鬼兩大權威的小故事嗎？他們吸人血不光是為了生存，而是把折磨人類當成無上的快樂，至今已迫害成千上百的人類，讓他們在歷經酷刑後死於非命。」
「……」
我回想在波羅的・梅洛的郵輪上遇見那一男一女吸血鬼時他們的模樣，不由得皺起眉頭。身穿年代過時晚禮服的女性，以及頭戴鐵面具的紳士氣質男性。
「為什麼沒有人管一下這些傢伙？國際上也有陰陽局這種退魔組織吧？」
「有是有，但赤血兄弟的規模太大。他們跟黑社會關係密切，在全世界設下廣大的情報網，資金也相當充裕，實力非常堅強，很難輕易瓦解。」

由理將他所知的情報盡數告訴我們。

「據說他們的成員平常都各自行動，但會定期舉辦名為『魔宴』的聚會，屆時全世界隸屬於組織的吸血鬼都會前來參加。在魔宴中，鮮血品質優良的人類將在眾人面前遭到殘酷肢解，就像一場表演秀，而那些吸血鬼會徹夜暢飲現榨的新鮮血液，彼此交換情報。」

「天、天啊！」

我驚愕地摀住嘴巴。馨的表情也十分凝重，開口問道：

「交換情報？他們想要哪種情報？」

「像是哪裡有好獵場，或是生意上的資訊，還有……克服太陽的方法之類的。」

「太陽？」

「吸血鬼怕太陽光，這件事眾所皆知。對吸血鬼來說，克服這個弱點簡直成了他們長年來最大的心願。」

這件事我之前在波羅的．梅洛的船上好像也曾聽過。

他們渴望克服陽光，於是打算在拍賣會上競標血液擁有強大力量的我。

「這次赤血兄弟會聚集到東京，是由於吸血鬼的魔宴即將在東京舉辦。至少陰陽局是這麼推測的。他們為了收集那場宴會上要用的鮮血，才抓走並殺害大批人類。」

「……由理，你是叫我們眼睜睜看著這種危險分子胡作非為嗎？」

「現在的情況跟波羅的．梅洛事件那時不同，馨。當時的主導權在我們這邊，但這次的案件應該全權交給陰陽局負責，他們也有應對的計畫。」
我跟馨都默不作聲。
因為由理的話語中透出言靈靜謐卻強烈的壓迫感。
他也希望我們不要輕舉妄動。
即便我跟馨擁有足以參與那類案件的「力量」，但案件規模越大，我跟馨就越沒有插手的「立場」。要是擅自行動，多半只會打亂陰陽局的計畫，扯大家後腿。
「你們現在依然希望能像一般人那樣生活吧？那最好不要牽扯進來。真紀，妳不是常說想要獲得幸福嗎？」
由理殷殷囑咐。
是呀，那的確是我多年來的心願。
我很珍惜身為一個普通人類的學生生活，在淺草這裡安穩度日。
有餘力救多少妖怪就救多少，但以追求自身幸福為最優先。
那個心願如今也沒有改變。可是……
「啊，打鐘了。」
三人間原本緊繃的氣氛，因為宣告下午課程開始的鐘聲而被打破。
我們像普通高中生一樣慌忙收拾便當盒，快步走回教室。
沒錯，這才是我們原本該有的模樣。

隔天，星期六。

今天是三社祭的第二天，會有許多區內神輸在街道上出巡。

我引頸期盼很久了。

「不會吧！今天是難得的三社祭耶，不能大家一起去逛逛嗎？」

早上我詢問馨跟由理的今日計畫，馨直截了當地說今天他也要去擺攤打工，由理則回訊說必須處理叶老師交代的任務。

我還以為大家能像從前那樣理所當然地一起玩，卻只剩我一個人無所事事，內心莫名有種內疚，同時也有股揮之不去的煩躁。這次的案件我又不能插手。

沒辦法，我只好帶小麻糬去阿水的藥局。

既然這樣，我就找可愛的眷屬們去逛祭典吧。

結果阿水也因為妖怪工會有事不在家，但影兒和木羅羅在。

「你們兩個會陪我一起去逛祭典吧？會嗎？會吧？」

我緊緊握住影兒和木羅羅的手，表情寫滿殷切期盼，求他們「陪我玩」。

老實說，這是在施加壓力。這就是命令，要稱為職場霸凌也行。

「當、當然好！能陪在茨姬大人身邊，是我最幸福的事！」

影兒讀出我的言外之意，貼心的回答十分討人喜歡。

「嗯～我討厭人多的地方，其實是不想去啦～但茨姬妳都這樣說了，我也只好捨命陪君子。」

木羅羅依然相當忠於自我。她身上雖然穿著女僕裝，但髮際插著一枝原本妝點著窗邊的藤花，看起來像髮簪似的。

我立刻帶這兩人一隻出門，踏上淺草大街。

那裡早已人滿為患。

「哇，你們看，神轎往這邊來了！」

正好有座神轎經過國際街。

今天的區內神轎聯合出巡活動已經開始，區內各單位、團體的神轎總計高達一百多座，先在淺草神社淨化除祟後，便會相繼經由淺草寺的仲見世街出訪至區內各處。

泛稱「祭囃子」的祭典音樂響徹雲霄，眾人整齊劃一的吆喝陣陣傳來，扛著金碧輝煌神轎向前行的男子們，個個身穿祭典服裝。光是袢纏短褂、股引祭典褲、分趾鞋襪及綁在額頭上的棉巾這些祭典服飾，就令人目不暇給、樂趣十足。除了男性之外，女性跟小朋友也會穿著祭典服裝共襄盛舉。

現場熱情激昂、氣勢如虹。國際街明明是一條寬敞的馬路，今天卻滿滿都是人，擠得水洩不通。

啊啊，我就是想看這個。祭典激昂又熱血的氣氛，在空中交錯的喊叫及汗水。我看得興高采烈，內心越來越興奮。

「噗咿喔、噗咿喔！」

小麻糬爬到我頭上，目不轉睛地盯著那些抬神轎的人，使勁拍起翅膀來。氣氛異於平常的淺草，想必也讓小麻糬感到興味盎然吧。

「好熱鬧喔～太熱血啦～有好多人類。」

木羅羅跳來跳去發表感想。

「聽說這個祭典的歷史相當悠久，阿水說他從身為淺草地下街妖怪工會的一分子住在淺草時就開始參與了。」

影兒擺出聰慧的神情說道。

「是呀，畢竟是從好久好久以前就有的祭典呢……」

在我抵達淺草之前就已經存在的，這個街區的祭典。

「好，我們去淺草寺那邊瞧瞧吧！馨正在淺草寺裡的攤位揮灑青春汗水認真工作喔！」

我帶著影兒及木羅羅穿過擁擠的人潮，往淺草寺走去。

我們可是淺草的居民。

為了避開人群，特別選擇走熟悉的小巷，繞了好大一圈才來到淺草寺。神轎好像全都到街上去了，人潮也跟著神轎一起走了，因此寺內還不算太擁擠，讓我不禁鬆一口氣。

在成排攤位中，有一家攤子特別熱鬧。

那個攤位的上頭用醒目的字型大大寫著「起司熱狗」。

正是馨打工的攤位。他時常會來淺草地下街妖怪工會管轄的攤位打工。

「那是酒吞大人吧。他到底在做什麼？」

木羅羅望著馨工作到汗流浹背的模樣，眼中寫滿了不可思議。

「那個呀，木羅羅，馨在賣最近很流行的食物給來逛祭典的遊客。簡單說，就是在賺錢。我也去買一下，你們在這邊等我。」

「這怎麼行！我去買就好了！」

影兒慌忙出聲，說讓我去排隊買東西於禮不合。相反地，木羅羅僅僅拋出一句「好喔」，舉起手朝我揮了揮。

嗯，眷屬的個性也是天差地別。

「影兒，木羅羅不習慣這種場合，看起來有點累了，有你陪著她我比較放心。你們去角落休息一下，而且我也想見馨。」

「這樣呀……我明白了。」

影兒的表情略顯複雜，但依然聽話地抱上小麻糬、拉起木羅羅的手，朝人少的樹下陰影處走去。

他已經有大哥哥的風範了。不對，木羅羅才是姊姊眷屬，但不知為何影兒在木羅羅面前就能展現出大哥哥的模樣。不過實際上，影兒在四眷屬裡也是最為年長。

話說回來，起司熱狗大受年輕女孩歡迎。

在場排隊的全是女生，還有不少人直盯著馨看、頻頻驚呼。看起來有些人是專程為了馨而排隊的，起司熱狗才不是重點。這裡的人潮遠多於其他攤位，如果將目標鎖定在女性客群，這確實可說是十分適切的人員配置。

我也去排隊，成為這些發花痴女性的一員。

馨的那張臉我天天都在看，自然不可能跟著興奮尖叫，但前世老公辛勤販售商品的身影確實相當耀眼。

過一會兒，我終於來到馨，不，是起司熱狗的面前。

「唷，讓妳久等了。」

頭上纏著頭巾、腰間綁著短圍裙的馨，開始處理我的點單。

「馨，辛苦了。你剛才就發現我在排隊了嗎？」

「當然，妳頭髮的顏色那麼顯眼，而且我還察覺到一股帶著殺氣的視線。」

「殺氣？我只是肚子餓啦。」

「真紀大人只要肚子餓了就會散發出殺氣。好了，趕快拿去吃。」

老公把剛起鍋的起司熱狗放進盤子形狀的專用紙盒再遞給我，另外兩根熱狗則裝進提袋方便我拿。

「喔喔～」

這份庶民美食立刻緊緊抓住我的目光。

原本我是沒什麼興趣，結果一看到本尊就忍不住口水直流。

外觀看起來像是普通的熱狗，插著竹籤的細長表面擠上了波浪狀的番茄醬和黃芥末醬，但外層麵衣不似一般熱狗光滑平整，而是沾黏著許多四角形顆粒，表面凹凸不平。

「咦？這是什麼？這個剛炸好的坑坑巴巴的麵衣裡，有包熱騰騰的起司嗎？」

「旁邊那些四角形是洋芋片，裡頭包的起司可是卡門培爾起司。啊，晚點再跟妳聊。」

馨一臉得意地介紹，又趕緊端出笑容接待下一位顧客。

我不想打擾他工作，立刻離開，朝影兒、木羅羅和小麻糬等待的地方走去。

「久等了，我買回來囉。」

「哦，這就是馨大人在賣的食物呀？」

「這東西長得好奇怪～」

影兒和木羅羅對於首次看見的庶民美食顯得興味盎然。

單手拿起竹籤，眼睛眨也不眨地盯著分量頗重的炸熱狗。

「噗咿喔！」

至於小麻糬，嗅到了他最愛的馬鈴薯香氣，朝我大大張開嘴，用殷切的眼神傳達他的意思，就像在說：「快餵我吃那個！」

「大家快點趁熱吃吧。」

我們聚在不會擋路的寺內角落，大口咬下熱狗。

香脆、柔滑、入口即化～

卡滋卡滋卡滋。

表層的洋芋片咬起來酥脆，包裹住熱狗的麵衣則出乎意料帶著甜味；咬到裡層的卡門培爾起司後，口感又轉為入口即化的柔滑。我將起司拉長、再拉長，盡情享受拉長那瞬間的樂趣，再於口中仔細品嚐其風味。咬下每一口時響起的卡滋聲，令人心情十分愉悅。

啊，這確實是高中女生會喜愛的味道，我也很喜歡。

畢竟馬鈴薯、麵粉跟起司裹成圓柱狀油炸而成的點心，怎麼可能不好吃？

而且還淋上番茄醬及黃芥末醬，根本是天下無敵的調味。

「哦～沒想到還滿好吃的。」影兒表示。

「感覺會對腸胃造成負擔，但偶爾吃一下這種東西也不壞。」木羅羅說道。

「噗咿喔。噗咿喔、噗咿喔噗咿喔！」

就連小麻糬都興奮得要命，速度驚人地啄著我手中拿的起司熱狗。

我呢，則因為庶民點心口味重的特性，覺得有點口渴。

「我去那邊的自動販賣機買飲料，你們喝綠茶可以吧？在這邊等我一下。」

就在這個瞬間……

在人潮與喧鬧聲中，有一道細小的聲音真切地傳進耳裡。

——鈴。

「咦……」

似曾相識的鈴聲。

那是往昔掛在大江山各處的特殊銀鈴才能發出的聲響，音色跟一般的鈴不同。

在現代，能發出這聲鈴響的只有一人。

「……凜音？你在哪裡？」

鈴、鈴。鈴、鈴。

鈴聲以固定的間隔規律響起，這是他刻意發出、在呼喚我的鈴聲。

我的目光立刻掃過現場混雜的人群，搜尋他的身影。

「茨姬大人？怎麼了？」

影兒注意到我的舉動。

我心下遲疑，這種情況該怎麼處理才好？該召集夥伴找出凜音呢？還是跟眷屬分工，由我獨自趕去找凜音呢？

津場木茜警告我別擅自行動。

可是，這道鈴聲毫無疑問地在呼喚我，現在可能不是從長計議的時候。
而且，這裡是淺草。
「影兒！你去通知馨和阿水！凜音可能出事了！」
「咦？我、我知道了！」
「木羅羅，小麻糬拜託妳照顧一下！」
「哦？好喔～妳要小心點～」
我匆匆向兩位眷屬下達指令後，急忙衝進人群。
凜音該不會出事了吧？
音量逐漸變大的鈴聲勾起我內心的擔憂。因為凜音會呼叫我，是極為少見的情況。
他老是一個人亂來，什麼都不告訴我。
他會用鈴聲呼喚我，肯定是陷入什麼緊急狀況，搞不好是受了重傷。
我跟隨鈴聲的引領，從淺草街道跑下隅田川岸邊，來到駒形橋。
鈴聲是那座橋下傳來的。
我走到巨大的橋體下方，看見銀髮的吸血鬼站在陰影處。
茨木童子的第三位眷屬，一角的吸血鬼，凜音。
「凜音！到底發生什麼事？你怎麼會用鈴聲呼喚我。」
陰影讓我看不清凜音的表情，但這裡瀰漫一股甜美的香氣。

這個香氣是……

「別動，茨姬。」

我朝他奔去，凜音揚起手臂一把抓住我，那雙即便在黑暗中也清晰可辨的異色雙眸閃動光輝緊緊望著我，簡直像在瞪我。

「凜音？」

他的樣子不太尋常。

凜音這麼說：

「以前我說過有件事要拜託妳，叫妳別忘了。」

那是前陣子有次我差點被雷抓走，後來凜音救了我時的事。

「嗯，我當然記得。」

「那現在要麻煩妳兌現。」

他彈一下手指，我眼前的畫面頓時劇烈搖晃起來。

然後，我才終於想到這一帶瀰漫的那股甜香是什麼。

那是葡萄的香氣。不知為何，那股香氣讓我極為昏昏欲睡。

「凜音……你做了什……」

身體使不上力氣，我整個人倒向凜音。

他抱住我，低聲說：

「睡吧，茨姬。」

我抬起沉重的眼皮，艱難地看向凜音，卻只能看見他的嘴巴。

他的嘴巴，嘴角正微微上揚。

「凜……音……」

在我開口詢問他是怎麼一回事之前，就已完全失去意識。

我深深沉入葡萄香氣飄盪的世界。

第二章 葡萄園之館

滾過來，又滾過去。

紫色圓球狀的物體彈跳、滾落。

「啪」的一聲，掉進漆黑的洞穴裡。

「啊。」

意識突然甦醒，我驀地起身。

頭好暈，我伸手按住頭，環顧四周。這是一間我從未見過的古老歐式房間。

「這裡是……哪裡？」

難道我還在作夢嗎？

地板上鋪著花紋古樸的地毯。

奶油色的牆壁上，掛著鑲有氣派畫框的風景畫。

房裡的家具是一整套的古典樣式，大片拱形窗戶上，沉穩的暗紅色窗簾繪出一道美麗的斜弧線，用流蘇繩子固定著。金黃色的朝陽十分耀眼。

這房間怎麼看都像搞錯了時代，是中世紀歐洲城堡才會有的風格。

而我正躺在木羅羅應該會喜歡的那種有床幔、蓬鬆柔軟的公主床上。

「我記得我原本是在逛三社祭，吃起司熱狗，然後聽到凜音呼喚，就去了駒形橋下……」

沒錯，我聽到凜音的鈴聲，前去找他。

結果遇見他後，便聞到一股葡萄甜香，接著就失去意識……

現在是隔天早上嗎？看來我是一直睡到現在。

「拔～庫～」

某個似曾相識的模糊叫聲傳來。

棉被下有什麼東西正不安分地扭動著……

我伸手進去拉出一個毛茸茸的小東西，是一隻毛色黑白混雜、鼻尖長如象的珍禽異獸。

「小傢伙，你該不會是貘吧？」

貘，去年除夕夜在淺草引發大騷動的異國妖怪。

後來牠就消失得無影無蹤，沒想到居然會在這種地方見到。

「唔哇～嚇我一跳！好懷念！」

我雙眼閃閃發光地抱起牠，貘卻一面發出「拔～庫～」的獨特叫聲，一面逃出我懷中、跳到床上，接著就大搖大擺地離開房間。

門開了一道縫，可以看見外頭陌生的走廊模樣。

「……所以，這裡究竟是哪裡？」

過一會兒，我再次問出這句話。

連好久不見的貘都在這裡，情況越來越神祕了。

但隨著時間過去，我慢慢有點餘裕整理前因後果，發現應該是凜音故意叫我過去、把我抓過來的。

居然會遭前世眷屬綁架，真是作夢都沒想過會有這種事。

看來有必要狠狠銬問凜音一番。

「……怎麼辦？她起來了，吉塔。」

「……她都怒髮沖天了耶，薩利塔。」

「……而且她的表情好恐怖，她會不會咬我們呀？」

「……聽說她以前是很危險的大妖怪，搞不好會把我們吃掉。一旦鬼拿出真本事，我們三兩下就被人家一口吞掉啦。」

稚嫩孩童的竊竊私語聲響起。

而且內容非常沒有禮貌。

「給我等一下，我只是一個剛睡醒的可愛高中女生，你們那麼害怕做什麼？」

「……」

房間頓時悄然無聲。

但有兩雙圓滾滾的可愛眼睛正從我面前陳舊的櫥櫃隙縫中窺視著。

有什麼生物躲在裡頭。

「好，出來吧。我知道你們在那裡。你們要是不自己出來，我就只好把櫃門砸爛。」

「！」

我拿出鬼的風範出言威脅，櫃門就立刻打開了。

從裡面跳出來的是……

「哎呀，怎麼這麼可愛。你們是狼人？」

出乎意料的是兩位擁有毛茸茸獸耳及尾巴、身穿吊帶短褲的狼人少年，年紀看起來應該是十歲左右。

他們恐怕跟目前隸屬於陰陽局的魯卡魯同族，是在這個國家相當少見的種族。

「那個，您、您好，茨木童子大人！」

紅棕毛少年禮數周到地鞠躬。

「我們確實是狼人，但可不是普通的狼人，我們是凜音大人的準眷屬。」

黑毛少年雙臂交叉在胸前，看都不看我一眼。

看來兩人個性正好相反，真可愛。

而且，他剛才說他們是凜音的眷屬？

「哦～那傢伙已經獨當一面到有自己的眷屬啦。」

我大吃一驚的同時，也露出開心到有些詭異的欣慰笑容。

「啊，不過我們還不是正式的眷屬，只是準眷屬。之前我們差一點死掉時，凜音大人暫時收我們當眷屬。」

「那個期限快要到了，到時候我們就是自由之身。不過反正也是繼續待在這個『庇護所』吧。」

「……嗯？」

我怎麼聽不太懂他們在講什麼。但這兩個孩子目前似乎真的是凜音的眷屬，我從他們的氣息可以隱約感覺出來。

「既然這樣，那你們就是我的孫眷屬囉。」

「啊？」

「來，過來，讓我看清楚你們的臉。」

我拍拍身旁的床鋪，叫兩人靠近。

他們露出不安的神情，對望一眼，

「……欸，這傢伙雖然外表看起來很年輕，內心卻是個老太婆耶。」

「……噓！吉塔，她要是聽到，就會把我們吃掉喔！」

又在竊竊私語了，而且我全都聽見了。

「我自己也知道我像個老太婆啦。好，你們快點過來。」

我再次叫兩位可愛的狼人靠近。

他們戰戰兢兢地走過來，一人拘謹地在大床邊邊坐下，另一人則跳上床盤腿坐好。

「我是茨木真紀。你們好像已經知道了，我是日本一個名叫茨木童子的鬼的轉世。你們叫什麼名字？」

「我的名字叫做薩利塔。」

「我是……吉塔。」

兩人的狼耳微微動了動，蓬鬆的尾巴不停左右搖晃，各自報上名字。有禮貌的紅棕毛少年是薩利塔，冷淡的黑毛少年則是吉塔。

「你們兩個是兄弟嗎？」

兩人同時點頭。

吉塔不經意地透露兩人是雙胞胎。

「如同剛才說過的，我們是狼人，異國的種族，現在則是凜音大人的準眷屬，目前在這間日本庇護所『葡萄園之館』幫忙。」

紅棕毛的薩利塔介紹他們自己，我認真聆聽他的話後問道：

「日本庇護所？葡萄園之館？這裡叫做這個名字嗎？話說回來，這是哪裡呀？」

「妳這女人問題真多，先挑一個問啦。」

黑毛吉塔講話就像馨一樣彆扭，但也確實有理。

「那我重問一次……這裡，是哪裡？」

重新發問後，兩人面露幾分緊張神色，交換了個眼神。

「那個，這裡是由異國妖怪協力營運的祕密『庇護所』。簡單來說，就是我們這種生物的避難場所。」

「剛剛說的『葡萄園之館』，是日本庇護所的通稱。凜音大人是這間庇護所的管理人之一。」

聽完薩利塔跟吉塔接力回答的內容，我忍不住又眨了眨眼睛。

「對了，凜音不在嗎？綁架犯凜音。那傢伙把我帶到這種地方，究竟打算做什麼？」

這時我終於下床，左右扭動身體，做了一點伸展運動後，四處打量這個房間。

正面有一面大鏡子，我身上是平時很少穿的白色長洋裝。

「是誰幫我換衣服的？我今天內衣不成套很丟臉耶。」

「妳、妳的重點……」

「放心，這種生活瑣事都是『隱形小管家』在處理。」

隱形小管家？

是妖怪還是其他種生物嗎？我沒聽過這樣的稱呼，完全無從想像那究竟是什麼，但這個問題就先擱在一旁。

「欸，薩利塔、吉塔，我可以離開這間房間吧？」

「妳應該再休息一會兒比較好。」

薩利塔表示。

「妳聞了葡萄的沉眠香吧？」

吉塔問道。

原來如此，我是因為那個叫做「葡萄的沉眠香」的神祕物品而陷入昏睡，才會被帶到這兒來的呀。

「這點小事沒問題。比起這個，我得跟凜音談談，然後趕緊回到淺草。馨跟眷屬一定都擔心死了。」

「……」

薩利塔跟吉塔又對望一眼，開始竊竊私語。

這到底是怎麼一回事？

我走出有床幔床鋪的寢室，踏上館內長廊，經過一扇扇樣式相同的房門，並毫無顧忌地放聲大喊凜音的名字。

「凜！凜音！你給我出來！」

在淺草時，只要我呼喚他，凜音就會神不知鬼不覺地突然冒出來。

在這裡，他卻沒有現身的打算，我只好一間間打開這棟洋房的房門尋找凜音。
不過，他肯定有聽到我的聲音才對。
「話說這棟洋房……好像恐怖片裡會出現的場景。」
雖然是一棟氣派的建築，但有些房間的天花板上都爬滿蜘蛛網，窗邊掛的窗簾也被蟲蛀得坑坑巴巴，還有好多壁紙早已斑駁龜裂。
雖然我前世是大妖怪，但西方恐怖片會出現的那些怪物，超出了我擅長應付的範疇。從剛剛開始我就背脊發涼，還是這裡真的很冷？
「嗯？這裡有股很奇特的靈力氣息。」
位在走廊盡頭的那扇歐式門扉，跟其他房間略有不同。
我可以感覺到那扇門後方，有股不知其廬山真面目的存在感。
砰！我毫不遲疑地打開那扇門。
「凜音，你躲在這裡對吧！你瞞不了我的！」
但在房裡的，是一位出乎意料的人物。
「咿～嘻嘻嘻、咿～嘻嘻嘻，連門都不敲就敢闖進我的房間，小姑娘，妳膽子很大喔！」
「……」
一位身穿黑色長袍的鷹勾鼻老婆婆，正在熬煮一鍋散發著綠色光芒的詭異液體。
她差不多有兩個人高，高到需要抬頭才能看到臉。臉上濃妝跟銳利眼神令人印象深刻的老婆婆不懷好意地笑了笑，金牙閃了一下。太可怕了。

「啊，愛麗斯奇特拉大人！」

「對不起，我們立刻帶她出去！」

薩利塔跟吉塔慌忙拉我離開這間房。

但我文風不動，站在原地環顧四周。

架上陳列著骷髏頭跟浸泡在福馬林裡的神祕生物標本瓶，還有巨型水晶、六芒星繡帷、隨意散落的塔羅牌……

啊，牆邊靠著一枝大掃帚，桿子上還掛著一頂帽簷很寬的尖頂帽。

這怎麼看都是那個吧？

「妳、妳該不會是傳說中的女巫吧？」

「妳答對了，鬼姑娘。咿～嘻嘻。」

老婆婆發出女巫常見的高亢笑聲，從小凳子上輕巧跳下來。

原本我以為需要抬頭仰望的巨大身軀，其實非常嬌小，身高只有我的一半左右。她一走到我面前，就瞪大水藍色的銳利雙眼，突然逼近我。壓迫感不容小覷。

「我是愛麗斯奇特拉，愛爾蘭女巫的倖存者，也是這棟洋房原本的主人。順帶告訴妳，讓妳昏睡的『葡萄的沉眠香』也是我調配出來的魔法香水。」

「咦？魔法香水？」

「咿嘻嘻、咿嘻嘻。效果很好吧？嗯？」

老婆婆笑得洋洋得意，我則用力吞了吞口水。

女巫對我而言，是一種只在傳說中聽過的種族。不過據說就如同日本有妖怪一樣，異國確實有女巫存在。畢竟，現在就有一位活生生的女巫站在我面前。

「妳是凜音那小鬼的主人吧？咿嘻嘻，沒想到他喜歡這一味。真討厭，我好忌妒喔。咿嘻嘻。」

語畢，女巫老婆婆再次踏上小凳子。

「那個，女巫老婆婆，妳知道凜音現在人在哪裡嗎？」

「妳想知道，就去看架上的水晶球。」

雖然我覺得老婆婆的回答很不可思議，但仍順從地朝房內架上那個大小跟我的頭差不多的水晶球看去。

一開始我只能看見自己變形的臉龐，但過沒多久，水晶球中逐漸浮現翠綠草木跟色彩繽紛的花朵，還有凜音佇立其中的身影。

「這是……庭園？」

「咿嘻嘻，妳看到啦？那就快點出去，我的青春魔藥都要煮乾了。」

女巫彈了彈指，我就感覺到一股神祕的力量拉住我的後背，直接將我扯出門外。

下一刻，房門就「砰」一聲關上。

「這、這是怎麼回事？」

我再次打開門，結果裡頭只不過是老舊的置物間。

原來如此，魔法是真實存在的吧。

「啊，凜音！找到你了！」

我透過走廊上的窗戶看到凜音的身影。

正如水晶球所示，他待在這棟洋房的庭園裡。

庭園風貌像是接近自然狀態的英式花園，高大柳樹下栽種著玫瑰、百合、千屈菜及葡萄風信子，多種植物在柳樹枝葉篩落的金黃陽光中寧靜綻放。

還有優美如畫的蓮花池，而凜音就佇立在池畔，身上是他一貫的黑色西裝打扮。

我從窗戶一躍而下，一口氣衝到凜音身旁，那姿勢豪邁無比，白白糟蹋了清純優雅的白長裙裝扮。

下一刻，我一把揪住他的後背。

「逮到你了，凜音！你把我綁架到這種地方，到底想做什麼啦。虧我當時聽到你呼喚我的鈴聲還擔心得要命！」

「……」

我一股腦兒把想說的話全都丟出來，但凜音只是低頭淡淡望著我。

接著，以較平常稍微柔和的語調這麼說：

「茨姬，我可以這樣在太陽下自由行動，都是拜妳的鮮血所賜。」

「咦？怎、怎麼突然說這個。」

我明明到前一秒鐘仍是滿腔怒火，結果一聽到平常彆扭的凜音吐露謝意，不禁詫異到一時反應不過來。

這個地點，有舒適宜人的午後陽光照耀著。

我抬頭望向天空。

沙沙、沙沙。

柳葉搖曳、相互摩擦，爽朗的清風徐徐吹拂。

這裡只有大自然低語般的各種聲響，陽光穿透枝葉縫隙灑落，斑駁照映在我們身上，不住躍動著。

凜音無預警地輕觸我的後頸。

「……」

他鋒利的指甲如輕薄小刀般劃過脖子，留下一道淺淺的傷痕，滲出幾滴赤紅色的鮮血。

凜音用手指輕柔擦去，再拿到嘴邊舔舐。

「就是這個血，妳這能讓妖怪瘋狂、賜予妖怪力量的鮮血，已經受到吸血鬼覬覦了。他們長年以來的心願就是克服陽光的威脅，而茨姬，只要喝下妳的血，他們的願望就有可能實現。我便是活生生的證明。」

「……你是證明？」

那已經是好久好久以前的事，我幾乎都要忘了……

凜音在成為我的眷屬之前，確實極度厭惡陽光，那也是所有吸血鬼共通的弱點。但他開始喝我的血後，就連白天也能夠出外活動，壽命大概也延長了。

在這個世界上，凜音是唯一一個長期飲用我鮮血的妖怪。

「茨姬，妳記得上次對抗波羅的・梅洛的時候，曾遇上吸血鬼同盟『赤血兄弟』的兩大人物嗎？」

凜音問道，我點頭說：

「嗯，當然，我連他們的長相都記得一清二楚。」

「他們跟水屑聯手，現在人已經到東京。他們打算不擇手段把妳抓走，在下次的魔宴舉行克服陽光的儀式『復活祭』。」

「……目標果然是我呀。」

赤血兄弟來到日本的消息，我已經從津場木茜口中聽說了。如果凜音所言不假，那他們的目的肯定是我的血。

異國吸血鬼異常殘酷。

特別是那個老穿著華麗晚宴服的女吸血鬼，跟我還有一點恩怨。

先前他們原本就是想要茨木童子的鮮血，才會去參加波羅的・梅洛主辦的非人生物拍賣會。

那想必這次是非得手不可，鬥志高昂吧。

「那些吸血鬼的計畫是要我在三社祭趁亂把妳抓走。我過去是茨姬眷屬的事，他們已經全都曉得了。」

凜音伸手托住我的下巴，盯著我的雙眼。

「妳不想被送去給那些吸血鬼吧？那就乖乖在這裡躲一陣子。」

我沒有絲毫懼色地回望凜音，搖頭說道：

「不行。那些吸血鬼還在到處殺人。如果目標是我，乾脆讓我去打倒他們。」

我必須通知馨、眷屬們還有陰陽局的人這件事，從吸血鬼的魔掌下保護東京。

「妳這個人，真的是個笨蛋耶。」

凜音卻哼笑了一聲。

「如果妳想保護重要的人，就應該待在這裡，乖乖等風暴過去就好。我拜託妳有點自覺，妳就是那個招致災難的源頭。」

「唔！我、我……」

凜音不等我回話，就逕自轉身要離開群花綻放的庭園。

他是正確的，我找不到任何一句話語反駁。

倘若敵方的目標是我，那麼引發這場騷動的罪魁禍首確實就是我。我待在這裡，待在清楚全盤狀況的凜音的保護傘下，安靜等待風暴過去或許才是最聰明的做法。

「等、等一下啦，凜！」

「……」

「這就是你之前說『要拜託我的事』嗎？」

我從凜音身後拉住他的手臂問道。

之前他曾向我預告將會有件事要拜託我。

凜音帶著略嫌麻煩的表情回過頭來，瞇細一隻眼睛。

「對啦。妳自己說過會答應我的要求。還是說，大妖怪茨木童子的轉世打算不遵守約定呢？」

「唔！」

從剛剛開始，我就屢屢被前眷屬堵得回不了話。

凜音並不像其他幾位眷屬那樣寵我、縱容我。

從千年前就一直是這樣。

「妖怪彼此間的約定是絕對不容抹滅的。妳如果想離開這裡，不是打倒我，就是靠自己的力量逃出去。」

沒錯，對妖怪而言，曾經訂下的約定擁有絕對的效力。

即便我現在是人類，也不會愚蠢到去破壞和妖怪訂下的約定。

「那我問你一個問題，凜音。」

我在最後多問了一句。

「你是在保護我嗎？」

「……」

凜音沉默半晌後，臉上頓時浮現壞心的笑容。

「當然。茨姬，要是妳死了，我可就傷腦筋，這樣就喝不到妳的血。讓妳健健康康地活久一點，也不過是為我自己著想而已。」

他跟平常一樣淨講些討人厭的話。

凜音從以前就是這副德性。明明總是守護著我，嘴上卻會故意說這一切都是為了他自己好。

以前我認為那大概是青春期少年掩飾害羞的舉動，但現在我已經明瞭他是為了毫無顧慮地保護我，才刻意這麼說。

「這棟洋房裡的物品，妳全都可以自由取用，有什麼需要就找薩利塔跟吉塔，那間房間也是妳的。」

凜音再次轉身背對我。

一頭細軟銀髮隨涼風在空中飄揚，反射亮晃晃的光芒，炫目得令我眨了幾下眼睛，接著就已經看不見他的人影。

到處都沒有他的蹤跡，也沒有他的氣息。
只聽見庭園花草搖曳的輕柔沙沙聲。
「……真是的，凜音這傢伙。」
我在庭園的長椅坐下，皺著眉頭翹起腳，雙手抱胸，梳理截至目前的情況。
赤血兄弟來日本的目的是我的血，因為他們已經得知凜音能克服太陽光的原因在於長期喝了茨姬的血。
而凜音為了保護我，把我帶來這裡。
話說回來，這裡是地圖上的哪裡？
「對呀，我得先搞清楚這件事。」
先爬上這棟洋房最高的那座塔的屋頂瞧瞧好了。
從上面說不定就能看出這裡的所在位置。
畢竟淺草附近可是有全日本最高的建築物，晴空塔。
每次要是迷了路，只要抬頭看天空，鎖定那座又高又細的晴空塔就能辨別方向。反之如果看不見晴空塔，就表示自己是被帶到遠方。
於是，我將靈力灌入手腳，宛如攀岩般沿著灰磚堆砌成的牆壁往上爬。
這姿勢著實不能見人，但現在這種情況下我別無選擇。
這棟洋房太大了，想找到通往塔頂的樓梯肯定更花時間，我左思右想，還是直接爬牆最快。

結果……

「哇……」

高處的開闊視野，從尖形屋頂上放眼望去的遼闊景色，讓我深受震撼、說不出話。

傾瀉的燦爛陽光下，整齊規律地種滿像是葡萄樹的樹木。那片果園無邊無際，一直延伸到視野的盡頭。

有條河蜿蜒流經葡萄園，遠處有幢白色牆壁的農場小屋，不熟悉的悠閒田園風光展現在眼前。

這怎麼看也不可能是淺草附近會有的景色。

這裡到底是哪裡？哪裡的葡萄園？法國？

嗯，我實在是想不出來。還是琦玉的郊區？也有可能是水果王國山梨縣吧？

「不對……應該不是，這裡肯定是在狹間結界裡頭，是凜音設置在日本某處的結界。那傢伙根本沒打算放我出去呀。」

我雙手抱胸、雙腿大開地站在屋頂上，腦筋飛快轉動，思索下一步該怎麼做時——

「喂～～！」

「站在那裡很危險！」

「嗯？」

下面傳來少年的聲音。

我低頭一瞧，狼少年薩利塔跟吉塔正抱著裝滿不知名果實及蔬菜的籃子，從方才的英式庭園抬頭望著我。

我從塔頂一躍而下，砰地落在庭園中，薩利塔驚叫出聲，嚇得跌坐在地上。

「你不用嚇成這樣吧，對妖怪來說這種事根本是小菜一疊。」

「可是妳是人類！妳不要命，我們可不想跟著陪葬。凜音大人交代過我們要負責照顧妳。」

「照顧我呀？」

吉塔嘮叨個沒完，他手上抱的籃子裡裝滿葡萄。

顆粒偏小的晶瑩葡萄。

「這個葡萄，是從遠處那一片葡萄園摘來的嗎？」

「啊，對呀。這是釀葡萄酒用的葡萄，雖然皮厚、籽大，但滋味很好。」

哦，釀葡萄酒用的葡萄呀。

我扭下一粒，剝去厚實的果皮丟進嘴裡。味道甜香鮮明，非常好吃，確實跟平常吃的葡萄不同，風味更加濃郁。

我又摘下幾顆，滋潤一下乾渴的喉嚨，撫慰一下空虛的肚子。

「欸，你們兩個，既然要照顧我，就順便跟我介紹一下這裡呀。這邊是在狹間結界裡吧？」

兩位狼少年的耳朵驀地豎起來，雙眼圓睜地眨了眨，露出意外的神情。

「怎麼了嗎？」

「我怕……妳會說要馬上離開這裡。」

「凜音大人有吩咐我們，萬一妳想硬闖出去而鬧起來時，一定要阻止妳。」

「……」

凜音交代兩位年幼的狼人這種任務也太亂來了吧。

我將視線移向天空，手扠著腰長長嘆了口氣。

「算了，我就先乖乖待著吧。畢竟我跟凜音約好了。」

我以為自己跟凜音很熟悉，卻一點都不了解他。

或許，我該花更多心思去理解他。

在茨木童子死後，他獨自遠赴異鄉，在陌生的土地上過活。

他見到什麼、學到什麼，又渴望著什麼，才走到今天這裡呢？

他為什麼會做這種事？

我確實一直很期待三社祭的到來。明年搞不好就去不了了，因此我一直覺得今年一定要盡情玩個夠。

但比起個人的玩心，我更加重視夥伴與家人。

即便現在，我依然認為凜音是家人。

第三章 白銀貴公子

葡萄園之館。

這個稱呼的由來正如我剛才望見的，是源自環繞在這棟洋房四周的廣大葡萄園。

我再次朝館中走去。

「到底有誰住在這棟洋房裡？」

「住在這裡的有我們兩個、這座城堡的主人愛麗斯奇特拉大人，還有凜音大人之前帶回來的貘跟……」

薩利塔跟在我身後，一面扳著手指一面回答。

「貘！那隻貘果然是凜音帶回來的，幸好～我之前還有點擔心牠該不會又落入狩人手裡了吧。」

不過自從剛才發現牠鑽進我的被窩後，就沒再看到那隻貘的身影。

長鼻子、黑白混雜又毛茸茸的奇怪小動物，十分討人喜愛。

「牠跑到哪裡去啦？剛剛從我房間跑出走廊後就不見了。」

「那隻貘應該是去凜音大人的休息室了吧？」

「他們平常都一起睡。」

「……咦？」

凜音抱著那隻毛茸茸的小東西睡覺嗎？

總覺得這畫面有點難以想像，但我也老是抱著小麻糬睡，沒有資格說別人。

「還有，這裡住著許多隱形小管家，確切數量不曉得有多少。」

「隱形小管家……」

剛剛也聽過這個稱呼，但我並不清楚那是什麼。

吉塔見我一臉困惑，便嘆息著解釋：

「隱形小管家是藏身於歐洲各地的妖精，平常會隱藏自己，替居住的屋子做家事或者協助主人的工作。在這棟葡萄園之館，他們會照料庭園和葡萄，如果開口拜託，也會幫忙煮東西，只是不會打掃這棟洋房。」

「哦？居家小幫手這種妖精太棒了吧。但他們為什麼不打掃？」

這棟洋房看起來最需要的就是打掃呀。

「請他們打掃這棟洋房要支付的代價很高。」

「簡單說，就是愛麗斯奇特拉大人在立契約時吝嗇了點。」

「這、這樣呀……」

意思就是，妖精也不是免費提供服務的。

薩利塔跟吉塔說平常打掃是他們在做，但這棟洋房實在太大，根本不可能有掃完的一天。

「話說回來，真不可思議。我一直以為靈力越高，越有能力看見那類存在，但居然就連在我眼中，它們也是『隱形小管家』。」

「即便身懷靈力也很難看見隱形小管家，因為他們擁有更高階的『隱形魔法』。」

「但他們確實無所不在喔。」

「哦～」

是呀，這棟洋房裡能察覺到各種氣息。

這裡實在太寬敞，就連我們的交談聲也彷彿被吸收掉了，寂靜立刻降臨，但確實能感覺得出來有什麼東西就在這裡。

那些東西像拉扯頰旁頭髮一般誘引著我的目光。

如風兒一般、如香氣一般、如低語一般，在整排窗戶中穿梭自如。

我跟隨著那股不可思議的氣息，沿著長廊往前走。

「茨木童子大人，怎麼了？」

「妳不要擅自亂闖！」

薩利塔跟吉塔趕緊跟上我的腳步。

那些輕飄飄、彷彿下一刻會消失得無影無蹤的微小氣息……我循著那些氣息，走到一扇門前站定。

「這間房間是什麼？」

不同於方才女巫的房間，我並沒有察覺到門後有什麼未知的存在，只是能感到那些看不見的小東西似乎是刻意領我來這裡。

裡頭有什麼？

我順著他們的引領，伸手握住門把，打開那扇門。

「……」

那間房塵封在黑暗中，裡面並沒有什麼奇特的物品，只見舊式暖爐、書架跟陳年衣櫃。

我走進房中，靜靜地環顧四周。

這裡似乎許久沒有空氣流通，灰塵味撲鼻而來，我便拉開窗簾、打開窗戶。

新鮮空氣隨風流進，溫暖陽光斜射入室，讓這間房的時間安安穩穩地重新轉動。

「這裡是凜音大人以前的書房。」

「他是叫我們不准進來……但既然現在門沒鎖就表示……」

薩利塔和吉塔不曉得在嘟噥什麼，還互望一眼，但沒有要趕我出去的意思。

暖爐上的大幅相片驀地抓住我的目光。

「這張相片……」

雖然是彩色相片，但已經相當有年代了，看起來是一群孩子以洋房為背景的大合照。

只是，裡頭沒有一個是普通的孩子。

身體一部分是野獸的少年，後背長著鳥類翅膀的少女，耳朵尖尖的金髮幼童，身軀是馬的青年，皮膚宛如岩石的小女孩……

一旁還有臉色蒼白、面無表情的凜音。

「這是英國庇護所的孩子們。這張相片是很久以前拍的，現在大家應該都長大了吧。」

「我聽說凜音大人救過很多年幼的非人生物，還會找地方安置他們。」

薩利塔跟吉塔的說明從背後傳來。

「哦？庇護所是像孤兒院那樣嗎？」

「從結果來說確實是類似的體制，因為有很多孩子還需要人保護。」

原來如此，我慢慢有點了解了。

旁邊還擺著一張圓形相框的黑白相片，上面是凜音與一位身穿黑洋裝的美女。

這一張比剛剛的相片還要古老得多。更重要的是，他單獨跟女性合照的畫面看得我心臟直跳。

「咦？這是誰？他們是什麼關係？」

這張相片中的凜音依舊是一臉神經質，但俊男美女的組合讓人忍不住有遐想。

「啊啊，那是愛麗斯奇特拉大人喝下青春魔藥時的樣子。」

「咦？愛麗斯奇特拉不就是剛才那位女巫老婆婆嗎？」

意外聽見方才見過的女巫，這棟洋房主人的名字。這麼說來，那位老婆婆好像有說她正在煮青春魔藥。

看來這張相片也不是她年輕時的倩影，而是照這張相片時她喝了青春魔藥。她到底幾歲了呀？

「愛麗斯奇特拉大人只要喝下青春魔藥，就能暫時變成這位美女。她可是已經活了七百年的女巫。」

「她有個非常有名的小故事。她曾四度與富有男性結婚，再用女巫的毒藥殺害他們，累積了大筆財產，真是個壞女巫呢。」

「……」

原來如此，這倒真是個壞女巫。

可是，正因為她是個有錢的女巫，才能擁有這麼大一棟洋房。我莫名有些好奇，不曉得凜音跟愛麗斯奇特拉是在哪裡認識的。

我再次搜尋這間房，發現書架中夾著一本厚厚的筆記本，筆記本上還貼著幾張老相片，以及用各種不同語言寫下的潦草字跡。

這些照片大概是凜音拍攝的。他曾遊歷過的異國土地、他所遇見的人們，從這些相片中能夠窺知一二。

倫敦、愛丁堡、柏林、巴黎、羅馬、布拉格、雅典……

「哇，好驚人，連埃及金字塔都有，他已經看遍我所不知道的世界了。」

全是些建築物或風景照，但偶爾會參雜幾張有凜音身影的相片。那張嚴肅而美麗的臉孔搭上異國服裝的畫面令我不禁發笑，但是……

面貌與千年前絲毫無異、一點也沒有變老的他，獨自在沒有我們的時代中存活了下來。

他在那些時代的生活，絕非一片空白。

即使沒有我們陪在身旁，他也一個人去了如此遙遠的國度，結識了許許多多的異國妖怪。在那些地方，他肯定經歷了無數我不知道的悲歡喜樂，不停與人相逢又道別吧。

我在這間舊書房裡待了一會兒，著迷地看著凜音留下的旅行紀錄。我渴望了解那個沉默寡言的孩子，集中全副心神瀏覽筆記本上的相片以及他寫下的文字。

突然……

「那個，茨木童子大人，妳要不要吃早午餐？」

「隱形小管家幫我們準備好了，有好吃的葡萄麵包喔。」

「嗯？好吃的葡萄麵包？」

一聽到食物的名稱，我突然發現肚子餓得要命。

薩利塔和吉塔說他們剛剛抱回來的果實跟蔬菜，已經變成美味的早午餐在等著我們。究竟是什麼時候做好的？

但確實有聞到麵包剛烤好的誘人香氣陣陣飄來。

剛剛遇見凜音的英式庭園。

那棵柳樹下已經擺好圓桌，桌上有熱茶跟早餐。

不，與其說是早餐，更像是略早於午餐時間的早午餐。

吉塔眼明手快地幫我拉好椅子，站在一旁請我入座。他年紀雖小，舉止卻十分紳士。

接著，他將紅茶仔細注入白色的陶瓷茶杯中。

茶湯的色澤美麗，並且散發出麝香葡萄般的香氣。

「啊啊～好香，這香味好高雅，跟我在家裡泡的便宜茶包完全不一樣。」

這就是所謂的花果茶吧。

據說這裡的葡萄園栽種著釀紅酒用的紅葡萄，還有釀白酒用的麝香葡萄。這些果實不只拿來釀酒，還會應用在各個方面。

「凜音大人不只對葡萄酒要求很高，對紅茶也有自己的堅持。」

「他花了很多時間教我們該怎麼泡紅茶。」

「哦……這樣呀。凜雖是純正的日本妖怪，卻深受西洋文化薰陶呢。」

聽見凜音與千年前截然不同的嗜好，我一時有點難以消化這個資訊，不過眼前端上的料理立刻牢牢抓住我的目光。

大塊葡萄麵包、摻入紫紅色與綠色新鮮葡萄的沙拉、葡萄乾燉豬排，還有簡樸的原味煎蛋捲。

甜點則有葡萄果凍、葡萄慕斯和葡萄水果塔等等。

真是令人目不暇給的葡萄饗宴。

「這、這實在……太驚人了。好壯觀呀，是葡萄全餐耶。」

咕嚕咕嚕咕嚕……肚子大聲叫了起來。

這是當然。我從昨天吃了起司熱狗之後，除了剛剛那幾顆生葡萄，再也沒有吞過任何東西了。我可是大胃王耶！

「請用。」

「不用你說我也要開動了。」

我先從他們剛才推薦的葡萄麵包下手。

鑲著許多葡萄乾跟核桃的麵包切成薄片剛烤過，表面抹上的楓糖奶油滲進麵包，吃起來外酥內軟，能同時嚐到兩種口感。

我細細咀嚼，熱騰騰的葡萄乾在口中翻滾著。散發焦香的核桃跟葡萄乾、楓糖奶油是絕配。

「嗯～～」

這滋味令人無法抗拒，吃起來像是石窯烤出來的手工麵包。

讓我滿心期待的不光是甜品，還有原味煎蛋捲。

蓬鬆、柔嫩，原料只用了雞蛋和牛奶的樸實蛋捲。

形狀漂亮地擺在白色大盤子上，再淋上拌了義大利香醋、醬油、奶油跟蜂蜜的醬汁，這個組合是我從未嚐過的風味。

薩利塔不經意地告訴我一則小知識。

「義大利香醋的原料其實就是濃縮葡萄汁喔。」

「咦？真的嗎？義大利香醋很常聽見，但我不曉得它的原料也是葡萄。」

我一直以為煎蛋捲就是要配番茄醬，沒想到又甜又酸的義大利香醋跟雞蛋柔和的風味及甜味這麼搭。

葡萄沙拉裡面拌了生火腿、嫩葉生菜、對半切開的青綠及紫紅葡萄，還有萊姆果汁及醋調和成的清爽醬料，味道非常高雅。

至於葡萄乾燉豬排，豬肉驚人地柔軟。據說肉類只要和葡萄乾一同燉煮，就會變得十分柔軟，是北歐常見的料理方式。透著淡淡葡萄酒香，帶有一股高級的滋味。不過醬料中似乎也加了醬油調味，對身為日本人的我而言非常好入口。實在太過美味，我兩三口就囫圇吞下肚，好想跟他們要食譜回去做給馨嚐一嚐。

「啊啊～每一道都超好吃的，這些到底是誰煮的？」

「隱形小管家。」

「我想起來了，你們說過只要開口拜託，他們就會做飯。」

隱形小管家居然連做菜都這麼厲害，實在是一群能幹的妖精。

「料理裡面的葡萄，也是從那片廣大的葡萄園中採收的吧？」

「對。凜音大人栽種的葡萄，雖然釀成葡萄酒是最美味的，但拿來做菜滋味也很好。」

「凜音大人以前在英國南部經營大規模葡萄園，不僅提供許多異國妖怪工作的機會，還藉由葡萄酒事業賺進大筆財富。」

「……咦？」

我又聽到一件新情報。

咦？咦？這是怎麼回事？

那座葡萄園是凜音在經營的嗎？

我腦海中頓時浮現凜音一身農家打扮、細心照料葡萄的畫面，這實在太出乎我的意料之外。最讓我震驚的是，他還因此大賺一筆這件事。

「欸，我說，那傢伙該不會是個大富翁吧？」

我不由得探出身子詢問。

聞言，薩利塔和吉塔神色得意地滔滔不絕說道：

「凜音大人確實是賺進許多財富的大富翁，但同時也經常捐贈大筆金錢給各地的庇護所！」

「沒錯沒錯，在西洋妖怪界，凜音大人可是小有名氣的英雄，大家都叫他『白銀貴公子』。」

「白銀……貴公子？」

他既是在異國土地救助妖怪的英雄，又是加入惡質組織赤血兄弟的吸血鬼，還是以人類身分成功經營葡萄酒事業的企業家……

這是怎樣？這男人難道擁有三張臉孔？他是三面人嗎？

這下我反倒對他的真面目越來越困惑。

在我不知道的時候，三男眷屬已經成功到名利雙收；在我不知道的時候，他蛻變成一個厲害角色。我心裡有股說不上來的奇異感受，但「白銀貴公子」這令人渾身不自在的稱號，與凜音倒是莫名相符。

也是，他從以前就是個學什麼都能精通的優秀小孩。

只是我一直以為，他對於戰鬥以外的事都沒有興趣。原來實情並非如此，只是我不曉得而已。

「葡萄呀……這樣說來，千年前凜音好像也曾摘了一大堆山葡萄給我。他令人意外地勤快、機靈又聰明，現在又是有錢人，要是平常態度能再親切一點，一定會很受女生歡迎，何況他又長得那麼帥。」

不，在大江山時代也常有年輕女妖遠遠望著他尖叫，只是當時凜音看起來對戀愛沒半點興趣。

但現在的凜音跟那時又不太一樣了，外表及舉止都走英國紳士風。

老是板著一張臉、態度又冷淡這點是跟以前相同，但就算他在我不知道的時候有過一段異國戀情也絲毫不足為奇。

我手指抵著額頭，「嗯……」地低聲嘟囔。兩位年輕狼人互看彼此，眼睛眨個不停。這兩人或許知道更多我所不了解的凜音。

「對了，你們兩個是在哪裡認識凜音的？」

「在倫敦。我們被異端審判官抓走，是凜音大人潛入教會地牢救出我們。」

薩利塔嘴裡塞滿葡萄說道。

「異端審判官？像是狩人那樣嗎？」

「不，狩人是為了商業交易才狩獵非人生物和妖怪，但異端審判官是出於宗教上的理由而將女巫、狼人或吸血鬼這類生物予以定罪的神職人員。」

吉塔一面啜飲著麝香葡萄風味的紅茶，一面淡淡說道。

「……原來如此，聽起來像是日本的退魔師。」

儘管所在國家不同，妖怪之輩卻同樣遭到人類社會排斥。

異端審判是從中世紀歐洲延續下來的風俗，被捕者會被釘在十字架上活活遭受火刑折磨，受到殘酷的凌虐，終至悽慘無比地死亡。

「現在表面上異端審判是遭到禁止了，但在黑暗世界中依然是家常便飯。」

「所以凜音大人在沒有異端審判官的日本建立了『庇護所』，將我們帶來這裡。」

薩利塔和吉塔在說明時，神情皆略顯黯然。

他們在陳述時，處處透露對於異端審判官的憎恨，以及對於凜音的信任。

「……那個叫做庇護所的，是一種有組織的機構嗎？」

「組織……與其這麼說，不如說是一種在發生意外時能夠求助的網絡。『庇護所』以西方諸國為主要根據地，遍布全世界，是非人生物的避難場所，保護大家不受異端審判官的攻擊。凜音大人曾去世界各地旅行，因此有門路可以聯繫各國的庇護所。他救了許多無處可去的非人妖怪，引導他們前往合適的庇護所。」

「聽說原本是歐洲的女巫為了躲避人類追捕而打造的系統。就像這裡有愛麗斯奇特拉大人一樣，海外的庇護所多半也有女巫婆婆擔任管理人。凜音大人待在日本的期間，也會將這裡當作據點。」

薩利塔和吉塔的說明令我頓時恍然大悟。

「我之前就一直好奇凜音到底都睡在哪裡。」

但我完全沒料想到會是這麼一回事。

我垂下視線盯著紅茶，陷入沉思。

「看來我來這裡之前，根本一點都不了解凜音。我還一直以為他肯定是維持一貫的孤高姿態，沒想到他其實做了這麼多事，還擁有這麼豐富的人脈……」

那是有別於千年前大江山夥伴的人脈。

凜音靠自己的力量建立起的關係，以及容身之處。

這時，之前曾引發騷動的魯卡魯忽然閃過腦海。魯也是凜音先發現的，才利用她跟我們接上線。這棟洋房跟先前在魯的記憶裡見過的那個地方，看起來也有幾分相似。

還有不久前若葉藏起來的那隻貘。

那隻貘，也是凜音想救牠，才會把牠帶來這裡吧……

「凜音大人救過的生命不計其數，因此願意幫助他的人也很多。吉塔，你說是不是？」

「沒錯。剛剛妳好像說凜音大人會受女生歡迎什麼的，實際上女巫、精靈還有人魚都超級愛慕他的。」

「……超級愛慕他？」

我眼裡閃出狡黠的光。在我開口追問之前，戀愛話題就自己冒出來了。

「欸欸～那我問你們，凜音至今有沒有跟哪位女性擦出火花呀？像是剛剛那位愛麗斯奇特拉。」

我向前探出身子，莫名壓低聲音詢問。

我身為前任主人，從剛才就一直對這件事十分好奇。

但吉塔一聽到我的問題，就臉色發白地發出「唔嘔」一聲。

「愛麗斯奇特拉那個老太婆怎麼可能啦！他們只是互相利用的合作關係而已。」

「愛麗斯奇特拉大人是很喜歡凜音大人沒錯，但凜音大人……至少就我們看來，並沒有跟哪位女性特別親近，也從來沒聽過這種事。凜音大人……大概，現在也是——」

這瞬間，突然傳來窗戶玻璃碎裂的巨響，打斷薩利塔的話。

我們嚇了一跳，紛紛聳起肩膀，慌忙環顧四周。

從這個庭園剛好可見洋房二樓的某扇窗戶裡正冒出陣陣黑煙。發生火災了嗎？

「啊啊，大概又是愛麗斯奇特拉大人幹的好事。」

「真受不了，才說到那個老太婆，她就馬上惹事。一定是調藥又失敗啦，她差不多快要老人痴呆了吧！」

薩利塔和吉塔迅速反應過來，立刻朝洋房跑去。

我也跟在他們身後。他們不愧是狼人，腳程有夠快。

「咳咳咳。唔哇，這煙好臭！」

一打開二樓那間房的門，立刻就有大團黑煙猛烈湧出來。

在濃煙裡頭，可以看到傾倒的大鍋，和流了一地已成焦炭的某種物質。

此外，異臭刺激著鼻子。又酸又苦又甜，都要分辨不出是什麼氣味，嗆得我眼淚都要流出來。這實在太臭了。

而剛剛才見過面的女巫，那個名為愛麗斯奇特拉的老婆婆，她站在窗邊，一副打算逃到外面的模樣。

「咿嘻嘻，我分量調錯，結果就爆炸囉。我要去找一下不夠的材料，收拾善後就交給你們囉～」

她發出女巫詭異的笑聲，跨上掃帚飛走了。

原來女巫真的會騎掃帚飛翔！

「那個死老太婆！每次只要配藥失敗，就會立刻逃之夭夭，把善後工作全丟給我們！」

「沒辦法呀，吉塔，誰叫我們寄人籬下。」

薩利塔和吉塔雖然嘴上埋怨，但依然十分認命地檢查房間的損害情形，看來是準備要打掃這間房。

我也長長嘆一口氣，「啪」地雙手互拍一下。

「真是的，我也來幫忙吧。」

「咦？」

「乾脆整棟洋房都徹底來個大掃除好了。」

薩利塔和吉塔嘴巴張得老大，露出為難的神情出言阻止：

「這怎麼可以？不行啦！茨木童子大人，妳是客人！」

「對呀！妳只要坐在那邊優雅喝茶就好了。要是讓妳打掃，凜音大人會罵我們！」

從他們慌張的反應看來，真的拿我當客人看待。

「可是這棟洋房到處是蜘蛛網，很多地方壁紙都脫落了，窗戶也灰濛濛的看不清楚對吧？還有大量灰塵飄盪在空氣中，這樣下去，我肯定會因為吸了太多灰塵而生病。」

於是我擅自借用女巫房中的典雅髮飾將頭髮紮起來。

「就這樣決定了。你們兩個，去把所有掃除用具都拿過來！」

「咦？啊，是。」

接到我下的指令，兩人倏地挺直背脊，分別拿來拖把、掃帚、吸塵器還有水桶。大掃除開始了。

不光是幫女巫的房間收拾殘局，還扯下布滿整個天花板的蜘蛛網，清掉地板上的塵埃，打開窗戶讓空氣流動，經年累月使用的廚房也仔細清潔一番……

我藉打掃花上數小時活動身體，讓內心慢慢平靜下來。

凜音人又不在，我根本無從得知外頭現在是什麼情況。

儘管我表面上表現得很開朗，但心裡很清楚，這一切都是為了抑制心底的著急。

「呼～這樣就差不多了吧。」

當然是沒辦法一次就掌握這棟洋房的每一處，把每個角落都打掃乾淨，所以清理到一個程度後，我們就決定停手。總之，我看不順眼的地方已經煥然一新了。

「拔～庫～」

那隻貘在我腳邊叫著。我剛還想說牠不曉得跑去哪，不知是什麼時候過來的。

這小東西真的不會發出妖怪的氣味和氣息。

「你剛剛跑去哪啦？你在這邊很逍遙自在吧？」

「拔～庫～」

我抱起毛色黑白混雜的那隻貘，望向窗戶外頭。

天色已經徹底暗了。

凜音還沒回來，他是去哪裡了呢？

我想問他的問題又增加好多。

「話說回來，我肚子餓了，好像比平常還要餓得多。明明剛才有叫狼人小朋友拿了好幾次葡萄麵包來吃呀。」

差不多到該吃晚餐的時間了嗎？我聞到一股十分誘人的香氣，肯定是隱形小管家在準備晚餐吧。實在太令人期待。

話說回來，現在到底是幾月幾號的幾點鐘呀？我沒有戴手錶的習慣，現在又找不到裝著手機的包包，這棟屋子裡又沒有時鐘……

不曉得為什麼人待在這裡，對時間的感覺就變得有些遲鈍。

「拔庫拔庫。」

懷中的貘突然不安分地劇烈扭動身體。牠一直顯得悠然自得又溫馴，為什麼會突然掙扎起來？

「茨……姬……」

好像有人在叫我，我垂下目光望去。

庭園中有個拖著腳走路，傷痕累累又渾身浴血的銀髮吸血鬼。

「凜音？」

我立刻從窗戶一躍而下，朝著凜音奔去，一把扶住凜音眼看就要倒下的身軀。

「凜音！凜音，你振作一點！」

我不知道他是跟誰交戰了。

他現在全身是傷，還失血過多。

我扶他回到館內，趁薩利塔和吉塔準備藥材時，讓他在最近的客房床鋪躺下來。貘也顯得憂心忡忡，一直守在凜音的枕邊。

必須趕緊替他療傷，讓他喝我的血。

儘管吸血鬼是種身強體健的妖怪，但只要血量不足就等於大限已到。

「……咦？」

為了療傷，我脫去他身上的外套及襯衫，頓時因眼前所見的景象震驚得說不出話。

那副身軀上爬滿舊傷，道盡他一路以來的艱辛。

「凜音，你……」

長久以來，一直、一直不斷戰鬥才會造就出的身軀。

凜音的這副身軀，至今受過多少傷呢？

他如此拚命，究竟想要獲得什麼？

我想了解。我必須了解。

過去一直沒能好好面對的，凜音的內心。

他心底一定埋藏著想要達成的「願望」。

第四章 時光回溯・凜音 ——大江山吸血鬼繪卷（上）——

我的名字是凜音。

這是她為我取的名，緣由是一道鈴聲。

全世界的吸血鬼正逐漸聚集到日本。

因為赤血兄弟的魔宴即將展開。

他們計畫著一場前所未有的鮮血盛宴。

抓走茨木童子轉世而成的少女，榨乾她的鮮血，分給同盟的夥伴共享——這是為了克服陽光所舉行的復活祭。

眼看吸血鬼一族長年的心願就要實現了。

那些傢伙為了喝上一口她的鮮血，肯定會不計代價地把茨姬找出來。

他們最愛活人的鮮血。萬一茨姬落到他們手裡，八成會受到極為殘忍的折磨，活生生被榨乾到一滴血不剩。

他們熱愛觀賞人類痛苦掙扎的模樣與慘叫聲，對他們來說，那是最好的下酒菜。

我曾親眼見過好幾次那宛如煉獄一般的場景。

絕不允許。

我絕不允許那些下賤的傢伙觸碰她。

這次也是一舉殲滅赤血兄弟的最佳良機。我雖與他們同為吸血鬼，卻早就看不慣他們的所作所為。

要是他們還打算威脅茨姬的安危，那就更不用說了。

趁這次他們全數聚集在東京，我要來個一網打盡。

儘管，要賠上我這條命也在所不惜。

〇

有道清脆的鈴聲——

好久好久以前。

沒錯，遠在千年之前。

我在深山中無人知曉的山谷，誕生了。

那裡是日本原生種吸血鬼藏身的桃花源，我們在岩窟中蓋居所，白天吸血鬼就待在裡頭睡覺躲避陽光，一到夜晚便成群出門狩獵。

吸血鬼的食物主要是鮮血。

男性會下山到人類居住的村落，偷偷抓來人類女子或小孩。

女性吸血鬼則讓那些人類嗅聞會失去意識的藥草，再殺害他們、動手放血。將鮮血收集好後，會先分給像我這樣的幼童喝，然後才分配給其他族人。

人類女子和孩童突然失蹤的現象，人類稱之為「神隱」，而居住在山谷中的吸血鬼為了讓整件事看起來像是真正的神隱，訂下了幾條規則。

首先，在一個村莊能抓的人數有上限。要是在同一段時間裡抓太多人，人類就會起疑心，反而會發現我們的存在。

再來，抓人時絕對要避免被人類看見。因為我們非常清楚，只要人類知道吸血鬼的存在，就會反過來攻擊我們。

這些規則想必是吸血鬼祖先訂下的吧。居住在山谷裡的吸血鬼人數十分稀少，長老曾說以前人數比現在要多。

吸血鬼確實會抓走人類加以殺害，飲用他們的鮮血維持生命。

但除此之外，我們不會加害人類，也絕不會用殘酷的方式殺害他們，或讓他們在死前經歷莫大痛苦，而且榨取鮮血後的遺體，都會按照吸血鬼的習俗供養。這些也都是規定。

就像人類上山獵捕野獸一樣，對我們而言，人類鮮血是為了存活不可或缺的食物，那是日常生活的一部分，極為理所當然。

但有一天，幾位血氣方剛、不把規則放在眼裡的年輕吸血鬼，在半夜溜下人類村落，大搖大擺地暴露行蹤。

他們襲擊一群女子，毫不遮掩地吸她們的血並將之殺害，讓吸血鬼的存在公諸於世。

人類的怒火一發不可收拾，抓起那幾個吸血鬼嚴加拷問，問出了山谷居所的存在。

人類男性拿起武器，放火燒毀吸血鬼的住處。失去心愛妻子的憤怒，讓他們發狂地砍殺吸血鬼。

我是唯一一個成功逃出山谷的倖存者。

逃到半路時，我摔進河裡，被水流沖到陌生的場所。

毫無人煙的山中。

待在山中時，我日日夜夜深受同胞慘死的無盡悔恨所折磨，但為了活下去，也只好吸取河魚或野獸的鮮血，抓一些弱小妖怪來吃。

但吸血鬼是一種很麻煩的妖怪，如果不喝人類的鮮血，靈力就沒辦法恢復。更重要的是，其他東西對我們來說都難以下嚥，根本不能填飽肚子。

靈力枯竭會削弱妖怪的生命。

這樣下去，我肯定活不了。可我還得向人類復仇。

向那些殺害了我的爸爸、媽媽、兄弟姊妹，還有所有同胞的「人類」——

某一天夜裡，我正在山裡追捕弱小的妖怪。

我想要盡可能活下去，就得拿他們裹腹，至少先讓身體補充一丁點靈力。

「你這種壞蛋，根本打不過大江山的酒吞童子大人跟茨木童子大人！」

「他們絕對不會放過你的！」

聽到那些小妖怪齊聲大喊的話語，我輕蔑地笑了。

但是，心裡確實有幾分興趣。

酒吞童子和茨木童子嗎？

之前也有其他低等妖怪叫喚這兩個名字，聽說是在附近的大江山創建王國的一對鬼夫婦。

他們還說那個名叫茨木童子的女鬼，她的鮮血美味到彷彿不是這個世上該有之物，只要喝下她的血，就能獲得強大的力量。

我一時興起，想會一會這對鬼夫婦，便啟程前往大江山。

特別是，我必須找出那個女鬼。

只要能喝下她的鮮血，我就能向人類復仇雪恨了。

——鈴、鈴。

濃霧瀰漫的山中響起清脆的鈴聲。

這是怎麼回事？我越想往大江山的深處走去，就出現越多不可思議的現象。

首先，我一直在同一個地方打轉。

才想說聽到鈴聲了，結果眼前出現的又是曾走過的岔路。

無論我選擇哪一個方向、爬了多高，最後都會回到山腳下。

太奇怪了，這實在不對勁。

我得找出原因，便攀上這一帶最高的樹頭。

但放眼望去，全是茂密翠綠的林木。那段時間，我一直解不開大江山的謎陣。

直到有一天夜晚，我在樹上發現銀鈴。

我伸手一拉，銀鈴發出聲響，接著便連鎖反應似地四處都相繼傳來鈴聲。

我對這個聲音有印象。每次我在大江山迷路時，一定都會聽到這道鈴聲。

我將繫在鈴上的繩子不停往回拉，一連又發現好幾個銀鈴，使勁將它們扯斷。

這瞬間，又發生奇異的現象。

世界像是突然裂開一個角，畫面「啪」地脫落，景色乍然一變。原本占滿視野的整片雜木林已然失去蹤影，眼前是明顯有人照料的碧綠竹林。

我用力吞了一口口水，鼓起勇氣朝竹林走去……

「……嗯？」

一走到竹林裡，就看到一件華美的女性和服迎風飄揚。看起來衣服是掛在竹架上。

面前是一片寬闊的湖泊，夜空中高高掛著大滿月。

有一個女人在湖中洗澡，她的一頭微捲長髮是赤紅色的。

不可能屬於人類女子、一頭鮮血色澤的美麗長髮。

「啊！」

她發現了我，立刻停下清洗，沉到水中。

紛紛聚集而來的鬼火暴露我的身影，她「哎呀」驚呼出聲。

「什麼嘛，原來是個小朋友。」

那個女鬼光裸著身子，神態卻不帶一絲羞赧地走上湖岸。

而我，從剛剛開始就怔怔杵在原地，一句話也說不出來。

因為在皎潔月光的照耀下，那女鬼的身影顯得極為神祕而美麗。

「你從哪裡來的？」

「……」

「哎呀呀，都呆掉了。你用不著這麼害怕。你身上不也有一根氣宇軒昂的鬼角嗎？」

她伸手輕戳我額頭上的那隻角，嗤嗤笑了起來，接著穿上輕薄的和服。

「喂！茨姬，妳沒事吧！好像有人破了這附近的結界！」

我聽到一道慌張的男性聲音。有人正朝這裡跑過來。
那是一個身形健壯的黑髮男鬼。
「啊，酒大人！」
那個女鬼衣服才穿到一半，就一把抱住那個男性，像貓咪一樣用臉頰摩擦他的臉。
「喂、喂，茨姬，妳衣服給我穿好！肩膀都露出來了，頭髮也溼答答的！」
那男人嘴裡不停叨念，手上也不得閒地幫女鬼把原本半掩的衣服穿好。
這兩人是怎麼回事？
「嗯？這個小鬼是誰？」
那個男性注意到愣在原地的我。
「該、該不會是來偷看茨姬洗澡？」
「酒大人，少說蠢話了，一定是迷路的小朋友啦。你看，他嚇到講不出話來了，可憐兮兮的。」
「迷路的小朋友？」
男鬼在我面前單膝著地蹲下，一手托住我的下巴，將我的臉抬起來，牢牢盯著我看。
「哦，這隻銀髮鬼可稀奇了。我記得曾聽人說有一群住在北方山谷中會吸血的鬼就是長這副模樣。難道這小鬼是……吸血的鬼？」
「啊，你看，酒大人，這孩子手裡拿著結界鈴。你的結界居然被小朋友破了，呵呵，酒吞童子『最強的鬼』的名號要哭泣了。」

「唔，怎麼可能？」

……酒吞童子？

這個男鬼，居然是大江山的酒吞童子？

這樣的話，那個女鬼就是茨木童子吧？

騙人的吧？我還以為他們是更冷酷威武的傢伙，這也跟我的想像差太遠了。

不過，既然一直尋找的對象就在眼前，我毫不遲疑地動手了，抽出插在男鬼腰間的那把劍。

「欸……？」

我旋轉身體，順勢砍向男鬼的脖子。

然而那把瞄準他脖子的劍，卻讓另一把刀彈飛了。

「想說是小朋友就大意啦。」

是那女鬼……茨木童子的短刀。她原本是把刀藏在哪裡？

那個女鬼的外表看起來說是少女也不為過。

但她毫不費力就接下我的攻擊，手腕一甩便彈落我的劍。

她的神情冷酷，就是一個鬼會有的模樣。

「……」

恐懼油然而生，襲捲我全身。

我奮力抬起幾乎要發顫的雙腿，立刻後退，將彈飛的那把劍重新拾在手中。

那個女鬼卻一臉悠哉地將短刀收入刀鞘。

「你該不會是京都派來殺酒大人的刺客吧？還是陰陽師的式神？」

「那、那種東西我才不曉得！我是為了我的同胞來要妳的血！」

「同胞？我的血？」

茨木童子不解地愣在原地，我趁機重新擺好架式。

但有一隻手從背後輕拍我的肩膀，這時，我才終於想起另外一個鬼的存在。

大江山的鬼之王，酒吞童子——

「喂，小鬼，你想要那把劍嗎？你要是喜歡，就送給你吧。」

「……啊？」

我還以為會被殺，但那個男鬼說的話卻大出我所料。他露出帥氣的笑容低頭看著我。

「酒大人，等一下！你真的是一遇到小朋友就沒轍耶。拜託你不要像在發糖果一樣隨便送別人劍可以嗎！」

「喔，抱歉抱歉。」

女鬼出聲斥責男鬼，但重點是在這裡嗎？

這對鬼夫婦到底是怎麼回事？

酒吞童子依然抓著我的肩膀。

「你是個前途無量的小鬼。我曾聽傳聞說，那些吸血的鬼的居所已經遭人類毀滅了。既然你是倖存下來的孤兒，就來大江山吧，我們會照顧你。」

「才不要！」

我想都沒想就拒絕了。就連自己也不明白我為什麼要拒絕。

明明讓這些人照顧要輕鬆得多。

「雖然你說不要，但你看起來就快要昏倒了。整個人瘦巴巴的，血量不足了吧？」

「少囉嗦！我不需要你們同情，大不了去搶血就好。」

那時的我，大概是沒辦法相信任何人。

我當時一直認為，只要付出信賴、在對方面前鬆懈，自己就必死無疑。

失去山谷中同胞帶來的沉痛絕望、獨自存活的無盡孤獨，以及讓我搖搖晃晃地徘徊在生死邊緣的強烈飢餓，都削弱我付出信賴的力量。

我全身散發出強烈敵意，狠狠瞪著眼前這兩個鬼。

根本不可能會有人白白送鮮血給我。這些人八成是打算先哄騙我，再把我吃掉。

既然如此，只剩下殺死他們硬搶這條路。

我至今就是這樣活下來的。

我揮開酒吞童子的手，直直朝著茨木童子衝去，高舉起劍往下砍。

但茨木童子抹著胭脂的紅唇勾起一道優美的弧線，面帶微笑。

「咦？」

不知道什麼時候，剛才應該已經擺脫的酒吞童子又抓住我的肩膀。

而且還是跟剛才同一個位置……這是怎麼回事？

「你放棄吧。大江山是酒大人的國度，你的一舉一動都逃不過他的眼睛，一切都在他的掌控之下。」

茨木童子走到我身旁，輕觸我手中的劍。

我以為她肯定是要把劍拿回去，沒想到她只是將手指在劍鋒上劃過。

在我緊握的那把劍上，香醇到幾乎要令人發顫的鮮血流淌而下。

「這些血送你，當作你陪我玩的謝禮，但今天就到此為止吧。接下來我跟酒大人有好事情要做。」

「妳說什麼好事情，喂喂，不要這樣啦，在小朋友面前耶。」

酒吞童子露出不懷好意的笑容，全身都露出空隙。

「你不是要幫我擦乾頭髮嗎？我最喜歡這種時候了。」

「喔，妳是說這個呀。哈哈哈。」

「你在打什麼歪腦筋啦，酒大人。」

「哈哈哈。」

又來了，這兩人到底是怎麼回事？

現場瀰漫我難以理解的甜蜜氣氛，他們已經完全忘記我的存在。

過一會兒，茨木童子終於想起一旁還有我在。

「啊，小朋友，下次再來找我挑戰喔。你已經曉得該怎麼進入結界了吧？」

酒吞童子也再次拍一下我的肩膀說道：

「就這樣決定了。那把劍送給你，那可是好劍喔。你沒有蠢到會拿路上撿來的破銅爛鐵跟我老婆對打吧，茨姬是最強悍的。」

「吼，酒大人，你怎麼這樣啦。」

鬼夫婦依偎著彼此，又散發出甜膩到化不開的氛圍，身影漸漸消失在暗夜霧氣中。

兩人親密的笑聲逐漸遠去。

「那就是酒吞童子和茨木童子……」

傳聞中連平安京的天皇都要畏懼三分的最強鬼夫婦。

雖然是一對跟原本想像差距甚遠的愚蠢夫婦，但他們確實很強。

這一點正如所有人說的一樣。

「對了，那個女鬼的血！」

這把劍淺淺劃過肌膚所流出的鮮血。

光是瞧見血的色澤、嗅到它的香氣，我的內心就騷動不已。

好想要。好想喝。

我再也忍不住，用手指抹起劍上沾的少量鮮血舔舐。

「……」

然後，我緩緩抬頭仰望天空。

這鮮血的滋味，還有它蘊含的力量，都令我震驚無比。

通過喉嚨、一點一滴滲進全身，飢餓感逐漸消失，身體慢慢得到滿足。

這世界上肯定沒有比這還美味的鮮血了……

等我回過神時，發現自己如同剛出生的嬰孩般放聲哭泣，彷彿被一雙溫暖的大手緊緊抱住。

彷彿是終於獲得長久渴望之物那樣的幸福滿溢。

但那份幸福無法持續到永遠，現實猛然向我襲來。

我要獲得更多這個血。我還想喝更多，更多——

於是，我懷抱著焦灼的炙熱欲望，不停渴求茨木童子的鮮血，一次又一次踏進大江山。

我仔細分辨鈴聲，將銀鈴扯下，找出結界鬆開之處，彎下嬌小身子嘗試入侵大江山的鬼之國度。

「哎呀，你又來啦。」

茨木童子每次見到我總顯得十分高興，雙頰會泛起紅花般的紅暈。

「妳看吧，他記住妳血的味道了，這下子其他血都會變得難以入口。果然不應該讓小孩子太早吃到好東西。」

「好了啦，酒大人，你不要這樣捉弄他。這孩子現在都三兩下就能破壞結界了，果然是前途無量。」

下一刻，茨木童子指向我手中那把劍的劍鋒，這麼說道：

「當時你瘦成皮包骨，看起來好可憐的樣子，所以我才分你一點血。雖然只有一點點，但效果也很好吧？」

「……對，所以我需要更多妳的血。」

「呵呵，我不會再白白送你囉。陪我好好玩一場，只要那把劍能劃過我的肌膚，流出的血就是你的。好，小鬼，動手吧！」

我拚命揮劍，茨木童子卻輕輕鬆鬆就接下我的攻勢。

我跟那個女鬼之間的力量差距有多懸殊一目了然，她就像在跟小蟲對戰，總是不費吹灰之力就揮開我。

等她玩夠了，再向我施展凌厲一擊。

我慘敗倒地後，她總會施捨我一丁點鮮血。

「真開心，有空再來玩喔。」

在我痛到全身動彈不得時，她會如此輕聲說道，扳開我的嘴，將從指尖滑落的一滴血滴進我口中。

然後就一臉喜色地朝在稍遠處守望這一切的丈夫走去。

我視線模糊地看著這一幕，內心不禁嘀咕這對鬼夫婦果真很奇怪。

每天晚上——

我為了勝過茨木童子，每天晚上都持續鍛鍊。

一角的吸血鬼原本就是善於武術的一族。

我夜夜勤奮揮劍、與熊搏鬥、狩獵猛獸，苦思作戰計畫，搜尋能悄悄穿過大江山結界的方法，想要奇襲茨木童子。

她每次都會帶著真刀在某個地方等我走近，簡直像是已經料定我來找她。

「因為只要你來了，大江山四處掛的銀鈴就會發出『鈴、鈴』的聲響，我就知道：『啊，那孩子來了。』你每次來都會變得更厲害，我也玩得很開心喔。」

她雖然講這種話，卻從來不會放水，每次都把我打得落花流水。

然後在我不支倒地時，將鮮血注入我口中，高高興興地回宮殿去。

每一次、每一次，都讓我出盡洋相，實在太令人懊惱了。

想變強，一定要變強——我滿腦子都是這個目標。

我潛心研究該怎麼做才能變強，嘗試各種各樣方法。我自己確實也有察覺，每次和茨木童子對戰時，自己都變得更厲害。

某一天，我練習揮劍練得太專心，忘了注意日出的時間。

太陽光直接照射到我身上，身體卻沒有出現任何異狀。

好奇怪，這實在太奇怪了。

我明明是畏懼日光的吸血鬼呀。

「難道是因為茨木童子鮮血的力量？」

我面向朝陽，凝視著自己的雙手，低聲顫抖說道。

應該是這樣，只有這個可能性。

一點點陽光就能讓我們燒起來，灰飛煙滅。這是吸血鬼的宿命，要親近陽光除了發生奇蹟以外根本不可能。

我知道……

居住在山谷中的長老，還有爸爸、媽媽、兄弟姊妹，全都殷切期盼有一天能夠沐浴在陽光下。

當時我還小，不太明瞭是為什麼，但現在已能真切領會。

原來陽光是如此柔和、溫暖。

不知道為什麼，沉浸在這份溫暖裡時，我想起茨木童子那頭鮮紅色的長髮。

「哎呀？真稀奇，你居然在白天過來。」

那一天，我立刻去見茨木童子。

她當時正跟受大江山保護的年幼妖怪一起待在我們初次相遇的那片湖泊。

茨木童子立刻發現到我的神色不太尋常。

「你該不會在哭吧？」

「……我……」

其實我是來道謝的。

我想告訴她，因為她鮮血裡蘊藏的力量，讓我克服了太陽光。

我想告訴她，所以我現在就連這種大白天都能來見她。

但是這一句「謝謝」，我怎麼都說不出口，一方面應該也是內心仍因身體的劇烈變化而震盪不已。

「怎麼了嗎？跟我說看——」

「唔！」

茨姬撫上我臉頰的手太過溫暖。

我嚇一大跳，反射性地拔出劍砍向她。

當時她手中並沒有刀，因此那一劍在她手臂上砍出一道深深的傷口。

「哇啊啊啊，茨姬大人！」

「不准你欺負茨姬大人！」

「不可以欺負她！你這個吸血的壞蛋！」

茨姬照顧的那幾個年幼妖怪紛紛朝我丟石頭。他們說的對，我做了一件卑鄙的事。

心底湧上強烈的悲哀，我再也承受不住，拔腿就跑。

茨木童子流了好多血，我可能會因為那些鮮血而失去理智，再次出手攻擊她。

我很害怕事情會變成那樣。

我害怕自己會在那樣的慘況中，依然想著那些鮮血看起來好美味。

「你等等！」

茨姬出聲叫我，但我不能停下腳步。

只能死命向前跑，一直跑，逃得越遠越好——

後來有好長一陣子，我都沒有去找茨姬。

鑄下大錯的懊悔，時時刻刻折磨著我的心。

一個季節悄然而去。

由於我能在陽光下自由活動，活動範圍拓展不少，身體也稍微成長一些。

差不多該再去找茨木童子了。

我想為當時的事道歉。

還要跟她說謝謝。這次一定要說出口。

我懷著這樣的想法，採了好多山葡萄。

印象中她老是在吃東西，不是魚、就是肉，再不然就是水果。反正我每次去找她，幾乎都會看到她嘴巴動個不停。她應該很喜歡吃東西吧。

那送食物應該合她胃口……

我不只採了山葡萄和柿子，還撿拾掉落在地上的栗子，因為太專心在尋找各種果實，沒留意到自己已在不知不覺間相當靠近人類居住的村落。

「是鬼！」

「那裡有一隻鬼！快殺了他！」

人類一發現我的身影，便紛紛抄起圓鍬及鐮刀朝我砍來。

我當時身上沒有帶劍。平常我總是劍不離身，只有那次因為怕妨礙採集果實，便沒有帶出來。

數不清的拳打腳踢落在我身上，留下一道又一道傷痕。我沒有反抗，只是緊緊保護著懷中的水果和栗子。

相較於對人類的憎恨，我選擇守護這份心意。我真是傻，明明到頭來都逃不過果實散落一地、被踩得稀巴爛的結局。

這樣下去，我也會像我的同胞一樣死在人類手上。

如同眼前被踏爛的果實一般，渾身是血地蒼白死去。
但我已經體驗過陽光的溫煦，比起那些同胞，可以算是幸福了一些些。
只是，至少想跟茨木童子道聲謝再死……
他們拖著我傷痕累累的身軀回到人類村落，將我牢牢綁在矗立於村落中央的粗圓木上。
一連數天都讓我這樣折騰著，沒有給我最後的致命一擊。
儘管我已經克服陽光的威脅，但整個白天都一直待在戶外，皮膚仍宛如燒灼般發疼。
血依然流個不停，我很清楚身體正在逐漸乾枯。
我應該快死了吧。
然而，朦朧的意識中，我聽到了那個聲音。
「人類，留下那個孩子，給我立刻從村落中全部滾出去。」
心臟撲通直跳。那是茨木童子的聲音。
茨木童子在這種大白天下山來到人類村落了。
「否則我就把你們的內臟活生生扯出來吃掉。想看一下自己內臟長什麼樣的傢伙，現在就報上名來！」
「啊、哇啊啊啊啊啊～～」

一想像那淒慘的死狀，那群人類紛紛臉色慘白地逃之夭夭。

村落裡的所有人類，逃得一個都不剩。

「哼，一點骨氣都沒有。反正人類就是欺弱怕強的膽小鬼，卑鄙無恥，老是找機會欺凌弱小。」

茨姬毫不掩飾對人類的厭惡，一刀砍斷我身上的繩子。

接著，她彎下身來望著嚴重脫水、已瀕臨死亡的我，輕輕撫摸我的頭髮。

「我一直很想摸一下你的銀髮，只是你好像很抗拒我碰你。」

「……」

「真可憐，他們實在太過分了……但你千萬不能認輸，不能死。你要跟我一起活下去。」

我的意識逐漸飄遠，茨姬一把將我抱起來，撐著我虛軟無力的身驅，將那張美麗絕倫的臉龐湊上來。

我搞不清楚發生什麼事，只感到有個極為溫暖又柔軟的東西觸碰我的嘴巴、流進我的口中，逐漸填滿體內的空虛。

這是……她的血。

「啊啊啊，茨姬！妳、妳怎麼可以……對那、那種臭小鬼，用嘴、嘴、嘴巴餵他喝血！」

酒吞童子驚聲大喊。

這傢伙也來了呀？還不曉得正在大驚小怪什麼。

「酒大人，我說你呀，該不會是在忌妒小朋友吧？我昨天哄豬太郎睡覺時也有親他一下喔。」

「咦？是這樣嗎？那妳怎麼都不親我？」

「酒大人，你不是小孩子了吧？」

「天啊啊啊啊啊啊，我的茨姬大人居然跟臭小鬼接吻！居然用嘴巴直接餵他喝血，人家羨慕到都要哭了啦！」

「阿水，你很吵。不准亂叫，會影響到這孩子的傷勢。」

接吻？那是什麼？

我好想就這麼睡去，但身旁一直有人吵鬧，神志屢屢飄走又被拉回來。

「水蛇，你這個混帳。你給我出來，你講話的方式也太噁心了。」

「討厭啦！酒吞童子大人忌妒到找人家出氣了。」

「受不了你們耶！我要回去宮殿了！得快點幫他療傷才行……這樣下去，這孩子……」

我雖然看不見他們的身影，但聽得見聲音。大江山那群傻蛋的聲音。

我居然被這種傻蛋給救了……

清醒時，我躺在一間豪華的和室臥房裡。

旁邊有個小女孩正目不轉睛地盯著我瞧，害我心頭一驚。但下一刻……

「公主大人～一隻角的小孩醒來囉～」

她就跑去叫人了。

「哎呀，你醒啦？太好了，你傷得好重喔。」

是茨木童子。

她走到我身旁，用一條溼手巾擦拭我的額頭和臉頰。

我默不作聲，順從地任她擺布，只有目光追著她的表情及手。

「這裡是大江山的宮殿。你已經睡了快要三天，但現在沒事了，沒有性命危險。」

「是妳救了我嗎？」

我慢慢理解了眼前的情況。

同時，一股難堪湧上心頭。我咬緊牙根，把拳頭捏得死緊。

「怎麼了？」

「妳不該救我的。」

「……咦？」

「死了還比較好，像我這種……」

與其像這樣給這個人添麻煩。

我是為什麼活下來，又獲救了呢？

茨姬沉默半晌，又似乎想到什麼，溫柔輕撫正啜泣的我的額頭。然後……

「好痛！」

她居然狠狠彈了我的額頭。

這可不是普通的彈額頭。茨姬這一彈痛得要命，要是人類應該已經死了吧。

我雙眼含淚，從額頭傳遍全身的疼痛令我不由自主縮起身子。

「你的心情我懂，我以前也曾經覺得自己死了比較好。」

茨姬凝視著我的臉，兩雙眼睛四目相接，我們的距離極為靠近。

「但是呀，你要是死了，我會傷心的，不然誰要大老遠跑去人類村落救你。」

下一刻，她輕柔吻上我發疼的額頭。

既溫柔，又暖和，疼痛稍稍減弱，內心莫名泛起一股安心。

同時，非常想哭。

「我不是……故意的……」

嘩啦嘩啦，眼淚大顆大顆滑下。

我是去摘山葡萄，想要把它們送給妳。

「我只是想跟妳道歉……上一次……砍傷妳……我……」

我沒辦法很好地表達，但內心真的充滿感激。

都是拜妳所賜，我才能在陽光下生活。

克服了太陽光帶來的威脅，我真的好開心。我原本，只是想要告訴妳這件事。
「我想變強……變得更強……」
可偏偏就是因為我太弱了，結果還是給妳添了麻煩。
茨姬低頭望著我一會兒，像在安慰小孩子般伸手輕摸我的頭，還說了一聲「對不起」。
我不明白茨姬為什麼要道歉，頓時停止哭泣，抬頭望向她。
「為了救你，我擅自收你為眷屬了。你是個自由自在的孩子，應該不喜歡被束縛吧。」
「……咦？」
眷屬？是指我變成茨木童子的手下嗎？
我自然感到驚訝，但絕對不討厭成為她的眷屬。
反而認為，這正是我唯一能回報她的方式。
但她的目光一直透著歉意及憂傷。我明明不願讓她露出悲傷的神情。
「做為眷屬的證明，我要給你一個新的名字……好，你就叫『凜音』。」
「……凜……音？」
「嗯，這名字好。你每次來大江山時，森林裡繫的銀鈴都會『鈴、鈴』作響，我就知道『啊，你來啦』。」
茨姬從懷中掏出一樣物品。
「正好我做了銀鈴，給你一個……這是眷屬的證明喔。」

「……這是？」

「沒錯，就是那個銀鈴，跟掛在大江山結界各處的一樣。」

茨姬將那個銀鈴繫在我的角上，接著溫柔地抱緊我。

凜音……嗎？

原本我還有另一個名字。

但是，再也沒有人會用那個名字喚我，事到如今我也沒有理由繼續執著於它。

這一刻，茨木童子賜給我的「凜音」這個名字，將是我唯一的名字，伴我走過漫長無比的歲月。

「怎麼這樣瘦巴巴的。我們會嚴格訓練你，讓你孔武有力～是說，你這小孩真是一點都不討人喜歡耶。」

「不過似乎在劍術上很有天分，還接連突破酒大人的狹間結界，讓你修習狹間結界術應該也不錯。」

傷癒後，我就被帶到虎童子跟熊童子這兩位大江山幹部面前。

該怎麼形容這兩位呢？一個是性格豪邁、打扮風格十分誇張的男性，另一個是神態優雅卻體格壯碩的女性。

聽說這兩位要負責教我劍術，似乎是茨姬親口拜託他們的。

大概是因為那時她聽我哭著說想要變強吧。

我原本還以為在大江山這群傻蛋中，虎童子跟熊童子算是相對正常的，結果一切都是我誤會了，我完全看走眼。

老實說，這兩個最不得了。

居然逼我將過去自學的一切技巧全部忘掉，從頭開始練起。

而且還極度嚴格到讓人吐血。

「凜，辛苦了～你今天也是一副累到快暴斃的樣子，要不要叔叔給你一顆回復體力的糖果呀～？」

「不要，你那個糖果有夠難吃。」

「唔哇，真不可愛，你這小鬼實在太不可愛了～」

大江山的醫師——水連，是茨姬的眷屬之一。換句話說，他是我的哥哥眷屬。

他老是戴著看起來很可疑的單片眼鏡，偶爾會想塞糖果給我，但那傢伙做的糖果都有股中藥味，難吃得很，我不愛。

至於水連本人，總讓人看不清他到底在想什麼，我也不愛。

「喂，凜音！今天是狹間結界的特訓。我出的功課你做了沒？難到登天吧？」

「不會呀，再出難一點也行。」

「可惡……你這狂妄的小鬼。」

茨姬的丈夫、大江山的君王——酒吞童子，負責教我狹間結界術。

那是酒吞童子獨創的結界術。為了事先做好防範，抵禦京都退魔師不知何時會發動的侵襲，培育能運用狹間結界術的人才是目前大江山的當務之急。

此外，酒吞童子拜託我在他沒辦法待在茨姬身邊時保護她，大概是因為我好歹也算是她的眷屬吧。

他雖然貴為狹間之國的君王，卻經常展現丟人的一面，不太有一個君王的樣子。

但這個國度裡的妖怪全都深深敬愛他。

「凜，陪我聊天啦。你爬上樹來。」

「不要。」

「你這臭小鬼真是一點都不可愛耶，對姊姊眷屬一點禮貌都沒有。」

「話說回來，妳是女的嗎？」

大江山結界的守護者——木羅羅，是茨姬排行第二的眷屬。

眼前這位乍看像是有一頭淺紫藤色頭髮的少女，但本體其實是一棵巨大的鬼藤，深深扎根於能瞭望狹間之國各處的位置，守護著這片遼闊的土地。

而精靈本人不太能夠離開鬼藤種植的位置，總是一臉無聊地坐在樹梢或樹根上。

因此她常希望別人陪她聊天，是個愛講話又難搞的傢伙。

除了接到指令來這棵藤樹掛銀鈴的時候以外，我很少過來，只是不管何時見到木羅羅，都搞不清楚她究竟是男是女。

「你給我回來，凜！練習讀寫的時間到了。」

我對這件事興趣缺缺，正要逃跑時，被茨姬抓個正著。她一把揪住我的衣領，拖著我走回去。

「一首和歌都背不出來怎麼行，你會變成像酒大人那樣沒文化氣息喔。虧你長得這麼俊俏，這樣不會受女生歡迎啦！」

「不、不受女生歡迎也無……」

即便我奮力掙扎，也無法從茨姬強悍的臂力中逃脫。

「啊，喂，茨姬，妳剛剛是不是說我沒有文化氣息？」

呃，連酒吞童子都來了。

面對酒吞童子，茨姬擺出一臉「要不然呢？」的神情。

「我說啦？但我喜歡的就是沒有文化氣息的酒大人，所以你保持這樣就可以。」

「……我明白了。我就保持茨姬喜歡的這副模樣吧。」

這對夫妻又順口開始調情。

我趕緊趁機溜之大吉。

就這樣，在大江山這群歡樂傻蛋的照料、訓練下——

兩年不到的光陰，我就長成與酒吞童子相差無幾的青年身形。

吸血鬼原本就是一種成長速度很快的種族，但我的成長腳步加快，也是由於一直持續飲用茨姬鮮血的緣故吧。

一頭銀色長髮，配上淺蔥色的外衣。

一角上繫著銀鈴，腰間插著大江山製鐵工坊打造的兩把劍。

倘若有侵入者闖進大江山，在細辨鈴聲之後，我就會率先趕過去。

這是我在大江山的職責。

某一天，守護結界的木羅羅傳來有侵入者的警告鈴聲。

我第一個趕到，在結界邊緣的地上發現一隻負傷的奇妙烏鴉，牠有三隻腳。

「這是什麼呀？」

鮮血的氣味倒是聞起來十分美妙，不過我每天都會飲用茨姬的血，肚子並不餓。如果現在是空腹，肯定就毫不猶豫地吸血了吧。

茨姬喜歡吃鳥肉，看到這隻烏鴉應該會很開心，不如拿回去給她吃吧。我伸手抓起那隻烏鴉時……

「居然想吃我，你這傢伙會遭天譴的。」

「嗯？」

那隻烏鴉擠出一絲聲音說出的話，簡直像是看透了我的心思。

下一秒，牠的頭頓時歪向一邊，動也不動。死了嗎？

「凜～你痛宰侵入者一番了嗎？」

從背後翩然而至的水連，一看到我手裡抓的那隻烏鴉，便發出慘叫。

「天啊！等等，凜！你知道你手上抓的是什麼嗎？那是神明！神話時代的八咫烏！」

「啊？」

水連是上知天文、下知地理又具備神格的長壽大叔，所以才能一眼就看出來。

據他的說法，這隻烏鴉似乎是某種神明。

但現在看起來只是一隻髒兮兮又渾身是傷的烏鴉，哪裡有半點神明的氣勢。

把牠帶回宮殿後，茨姫看了也是大喊「這塊破抹布是什麼」，用兩根手指把牠拎起來。

「這不是破抹布，也不是掃帚啦！這叫做八咫烏！你們看那對金色的眼睛，還有三隻腳。」

「……嗯？」

現場只有水連一個人依舊激動不已。確實，那些特徵跟一般烏鴉完全不同。

「據說這雙黃金之眼可以看穿妖怪的內心。啊啊，實在太恐怖了。」

「妖怪的……內心？」

原來如此。所以剛才牠就是看穿了我打算把牠帶回來吃掉的心思，才會大叫。

茨姬的細心照料及水連的仙丹妙藥雙管齊下，原本瀕死的烏鴉傷勢順利恢復，保住一條命。

「真心感激你們救了我，這份恩情，我畢生難忘。」

醒轉後，八咫烏朝著救命恩人，也就是大江山的這群妖怪，禮數周到地深深鞠躬致謝，接著表示想留在這座大江山。

茨姬將這隻八咫烏取名為「深影」，納為自己排行第四的眷屬。

但不曉得是什麼緣故，受重傷之前的事，他一丁點都不記得了。

此外，他被禁止隨意窺視夥伴的心。

深影明明活過漫長歲月，個性卻如赤子般純真率直，是個撒嬌鬼，一天到晚找茨姬撒嬌，而茨姬也很疼他。他似乎打從心底敬愛著茨姬。

不光如此，他也很仰慕酒吞童子跟大江山的幹部，還經常去鬼藤那裡找木羅羅玩。他對我倒是很少靠近，至於水連，他則是單純地厭惡。

我們常在木羅羅的鬼藤樹下舉行宴會。

出於酒吞童子的個人嗜好，大江山設有酒莊，美酒要多少有多少，可以喝個痛快。

這些酒不曾賣給人類，但在酒吞童子和異界「隱世」的生意中倒是銷路長紅，大江山的製鐵工坊鍛造的各種武器也都是熱賣商品。

大江山的狹間之國就靠著這些管道逐漸累積財富，同時吸收異界的產物及技術，獨自發展、茁壯，一步步建造出一個只有妖怪的強盛王國。

在受人類支配的現世，這裡可說是妖怪唯一的理想國度。

美酒佳餚擺了滿桌的熱鬧盛宴，肯定就是淋漓盡致展現大江山榮華盛世的一幕。

「凜音。」

在大白天舉行的賞花宴席上，我獨自在樹蔭下靜靜品嚐美酒時，茨姬單手抱著一個巨大無比的酒葫蘆走近。

她雙頰泛紅，不知為何神色帶了幾分不滿。

「你呀，怎麼這麼快就長大了～明明不久之前還是個小不點，雖然老是很冷淡，但還是很可愛呀～」

茨姬雙頰氣鼓鼓的，一臉惋惜。

但妳跟我抱怨這種事，我也沒辦法呀。

「茨姬，妳喝醉了？」

「廢話～～」

唔哇，渾身酒臭。

「是妳的血加速我的成長，妳怪我也沒用。」

我嘆口氣，抬頭望向正上方搖曳生姿的優美藤花。在淡紫色花朵的縫隙間，柔和燦爛的陽光傾瀉而下。

過去我還是一個害怕陽光的吸血鬼時，絕對沒有機會親眼欣賞到這種美景。

正是因為有陽光照耀，才能親眼看見如此色彩繽紛的美麗世界。

這一切，也是拜茨姬的鮮血中蘊含的力量所賜。

「到底有什麼事？妳總不會光來找我抱怨的吧？」

可是我呀，對茨姬的態度老是透著幾分冷漠，還莫名帶刺。

「你最近都很少來找我講話了，我就主動來開個玩笑啦～以前你明明一天到晚跑來找我決鬥，不管我打倒你幾次，你都會回來找我。那樣的你說有多可愛就有多可愛～」

「……」

「什麼嘛，最近完全擺出一副大人樣，你對我太冷淡啦，我好寂寞喔～不過～小孩子都是這樣，翅膀硬了就慢慢疏遠爸媽吧？」

茨姬嘴裡叨念不停，舉高葫蘆，仰頭喝了一大口酒。

她依然把我看作兒子或弟弟。

儘管我的身軀已經長大成熟，她還是沒有把我當作一個男人看待。

茨姬傾斜葫蘆，要往我的杯中倒酒。但我避開了，一把抓住她的手腕。

「我不用。比起酒……我更想喝妳的血。」

兩人的身軀極為靠近，我意味深長地低聲說道。

但茨姬絲毫不為所動。

「好呀！」

她爽快答應，咬破自己的指尖，讓鮮血一滴滴落進我的杯中。

一點曖昧氣氛也沒有，真無趣……

「來，你多喝一點。」

「……」

那語氣簡直像給自家小孩盛一大碗白飯的媽媽。

不用她提醒，我一口氣喝乾了那杯血。

雖然很不甘心，但這滋味比任何美酒都要好。

「……我呀，在收你為眷屬時，就已經下定決心了。」

茨姬看著我喝乾那杯酒，臉上露出微笑。

「妳下了什麼決心？」

「總有一天，要放你自由。凜，畢竟你還年輕。」

我將酒杯拿近唇邊的手驀地停住。

茨姬這樣說，表示她並不希望我永遠陪在她身旁。

這事實宛如一盆冰水澆得我胸口陣陣發涼。

「你又不是犯了什麼罪，而且你應該有自己想做的事、想去見識的地方吧？之前水連提到異國的事情時，你不是聽得很熱衷嗎？明明平常你看起來對任何事都沒興趣的樣子。」

「哼！」我用鼻子冷笑。「妳讓我記住妳鮮血的味道，現在卻要把我推向遠方嗎？這種體貼方式還真像一個鬼，既無情又殘酷。」

「……凜。」

胸口冒出一把無名火，讓我脫口說出帶刺的話語。

茨姬一臉震驚，但只回了句「你說的對，對不起」。那張微笑滲出了悲傷。

茨姬大概從一開始就很清楚吧。

只要收我為眷屬、持續給我喝血，我就會變得離不開她。

我就只能依賴她度日。

所以，那時她才會向我說「對不起」。

——不是這樣的。至少對我而言，不是。

其實，我只是想要待在妳身邊而已。

我想要做為一把永遠守護茨姬的利劍，儘管那非妳所願。

「喂～凜！你也過來，不要老是躲在角落耍自閉。」

「凜音現在剛好是尷尬的年紀嘛。他一定覺得我們這群大叔怎麼年紀一大把還這麼愛吵鬧。」

「哈，我們的確是呀～哈哈哈哈哈。」

這些傢伙一點都不曉得我內心的糾結。
酩酊大醉的酒吞童子、虎童子師父跟蠢蛋水連，頤指氣使地叫我過去，逕自哈哈大笑起來。
這幾個大聲喧譁、頻頻歡鬧敬酒的傢伙，的確讓人看了就心煩。
但我並不討厭大江山的狹間之國，也不討厭這種宴會。
我連一點點想離開這裡的念頭都沒有。
「凜，我們過去吧。」
「我待會兒就去。妳不用帶我過去，我已經不是小孩子了。」
茨姫正要拉我，我卻揮開她的手。
她露出苦笑，抱著葫蘆往陽光下走去。
「……唉。」
我輕聲嘆息。
我並不是在生她的氣，而是氣我自己。
淨講一些言不由衷的話語刺激她，讓她露出憂傷的神色。
我根本沒有絲毫長進。嘴上說自己已不是小孩子，但內在根本一樣幼稚。可惡。
「喂，凜音。」
這時，一隻黑色烏鴉從藤樹枝葉中穿梭飛來，在我身邊停住。是八咫烏深影。
這傢伙主動來找我，倒是稀奇。

「凜音，你喜歡茨姬大人嗎？」

拋出這個疑問的深影，那雙黃金之眼直直看著我，目光純潔無瑕。

但我現在的表情想必十分緊繃。

「……啊？」

這傢伙在胡說什麼呀？

我下意識地瞪他，就像這位年紀長於我的弟弟眷屬是個陌生怪物一般。

不過，深影的神色非常肯定。

「抱歉，凜音。我一直小心避免去看大家的內心，但剛剛我待在樹上望著你，你的情感很自然就傳了過來。我也喜歡茨姬大人，可是……茨姬大人真正深愛的只有酒吞童子大人。」

他說的是在這個國度裡無人不知、無人不曉的常識。

然而，那句話輕而易舉地悄悄擾亂了我的內心。

我應該要強烈否認深影的話才對，但此刻我連這一點都做不到。

「……」

他看穿了我的心。他看穿了我的心。

原來如此——我腦中甚至還冒出這四個字。

這是我一直嘗試欺騙自己、努力視而不見的真實心情。

這份複雜到幾近殘酷、令我束手無策的心情，其真實面貌讓八咫烏深影說中了。然後，我才終於察覺。

這些年茨姬給了我多少鮮血、給了我多少溫柔及關愛，我的這份心情就悄然積累了多少。

當時我還不明白這份心情的恐怖之處。

再也沒有任何事物比妖怪收不到回報的「愛意」更棘手的了。

那是一份永遠無法忘懷，幾近詛咒般的深切感情。

「我名叫水屑，煩請各位記住我的名字。」

九尾狐水屑。

她在京都差點被源賴光處死時，酒吞童子率領大江山妖怪將她救了出來。

這個女人來到大江山時，我內心浮現一絲不好的預感。

她臉上掛著像是連小蟲都不忍殺害的美麗笑容，但完全摸不透內心深處到底在想些什麼，是一隻貨真價實的女狐狸。

甚至就連那個深影也曾說過，他看不穿那隻女狐的內心。

而且這女人身上傳來的血腥味，數量超過數萬條生命……

但酒吞童子絲毫不懷疑她，甚至因為重視水屑額頭上那顆殺生石的力量，還讓她當上大江山的幹部。

無論是茨木童子、虎熊姊弟、生島童子、木羅羅或深影，都一如往常地接納她成為大江山的一員，將她視如夥伴。

無論是何種妖怪，只要你無處可去，這裡就會接納你。

那是大江山妖怪的信條，也是這個國度的驕傲。

或許只有水連是唯一跟我同樣察覺這女的不對勁。

那傢伙雖然表面上仍舊笑咪咪的，但在我眼裡看來，他從未對水屑放鬆戒備。

儘管如此，我們不能在檯面上提出質疑，把她攆走。

每個妖怪都有自己的難言之隱、不堪回首的過去，或者是內心潛伏的邪惡闇影。

在狹間之國，這些闇影由君王及女王以壓倒性的強大力量抑制、統合。

不管發生什麼事，這兩人總會有辦法解決，一切都能迎刃而解。

我們心中都以此為傲。

從來沒有想過，有一天，珍視的夥伴、我深愛的那個人她所深愛的人，居然會離開這個世界。

我並不希望這種事發生。

那個人的離去，讓原本溫柔無比的茨姬，甚至墮落為惡妖。

*

「接下來是我的戰役，你們絕對不准追來。」

水屑背叛了我們。

源賴光趁隙率領朝廷軍隊大舉攻陷大江山。

在那之後，茨姬墮落成了惡妖，誓言向那夥人復仇。

為此，她硬是斬斷與我們這些眷屬的契約和羈絆。

手握亡夫酒吞童子的愛刀，從此過著一心替亡者報仇的生活。

深影帶著木羅羅的嫩芽消失在天際，他肯定不忍心再多看一眼變成那副樣貌的茨姬吧。

只有我跟水連捨不得離開茨姬身邊，無論天涯海角都如影隨形地跟著，暗中協助她的復仇大願。

源賴光和他的四大天王。

還有隱身在幕後的安倍晴明。

殺了一個，再一個。

化成惡妖的茨姬，僅以憎恨為糧，殺了一個又一個仇人。

我們潛伏在暗處保護她，偶爾與她並肩作戰。

茨姬失去右臂那次，水連替她處理傷口時，就是我趕跑那些趁隙而入的威脅。

但茨姬再也不曾收我們為眷屬，也不再命令我們做任何事。

這些舉動全是出於我跟水連單方面想要為她傾盡所有的心意。

我跟那傢伙為什麼會執著於茨姬至此呢？
動力不光是來自身為眷屬的忠誠，還有內心對她不滅的愛意。
妖怪的愛有多恐怖，不管是從茨姬身上，或從我們身上，皆不難看出來。
我並不認為這是輕浮的無聊感情。
這份感情對妖怪而言，正是妖怪最大的力量來源。

即使復仇結束，茨姬的戰鬥仍未告終。
水屑還活著。
那女人擁有一種駭人的特殊能力，她的尾巴有幾根，就能夠重生幾次。
就算茨姬把她找出來殺了，她又會再次重生。
後來有一天，我們聽說水屑正在尋找酒吞童子的首級。
酒吞童子的首級——
只要能得到首級，就能統治現世的所有妖怪，甚至掌管這個世界。
這種傳聞四處流竄，每個大妖怪都渴望能率先找到首級。
茨姬無法容許這件事發生。她一絲一毫都無法容忍酒吞童子的首級被當作一統天下的道具。
酒吞童子沒有頭顱的身軀。

那幅光景直到現在都還深深烙印在她的腦海中。

愛。正是出於對那個男人的深愛。

茨姬為愛發狂、為愛沉淪，為了那份愛，過度消耗自己的身體，持續戰鬥不懈。

為了尋找酒吞童子的首級，她屢屢與水屑及她的手下陷入激戰，並跟其他眾多大妖怪一決勝負，次數多得數不清。

她的戰鬥，是一條沒有盡頭的漫漫長路。

平安時代終結，戰亂紛傳的年代。

這個時代的敵人，是渴望酒吞童子首級的織田信長。

那個男人知曉妖怪的存在，計畫要埋葬這個世上所有的妖怪。

不過在他死於本能寺之變、以人類身分終結生命之後，那男人化成名為「第六天魔王」的妖怪，成為威脅茨姬的存在。

儘管戰亂之世到了盡頭，茨姬的戰鬥依舊無法結束。

下一個敵人，是在暗地裡聽從江戶幕府的大骷髏。

傳聞江戶幕府與陰陽寮的陰陽師聯手研究降靈術。

他們計畫要召喚偉大陰陽師蘆屋道滿的靈魂。這個計畫的目的，正是要利用酒吞童子的首級來操弄他的魂魄。

這項計畫的存在，證明了酒吞童子的首級藏在幕府手中。

茨姬為了搶回首級、破壞他們的計畫，這次戰鬥的對手換成幕府。我和水連也加入戰局。

在這場戰役中，茨姬肉體的壽命肯定大幅縮短了。她明白自己大限將至，但這時收到首級所在之處的假情報，她便又奮不顧身地為奪回亡夫的首級投身戰鬥，卻依然一無所獲。

接著，歷經幕府末期，時序來到明治——

茨姬的肉體消耗早已超出她所能負荷的極限。

無論怎麼拚命都找不回酒吞童子的首級。

她賭上最後一把遠赴的地點，正是當時在日本屈指可數的大城市「淺草」。

淺草，雷門前。

「茨姬……」

茨姬和陰陽寮最後一位陰陽師土御門晴雄陷入激戰，以落敗告終。

她全身遭業火無情地焚燒著。

這樣下去、這樣下去，茨姬會……

「茨姬！」

我想也沒想就要衝過去。

即使我並沒有從烈焰中救出她的力量。

「不行！凜。」

身旁與我一同守望茨姬最後一場戰役的水連，出聲制止。

「這就是墮落至被稱為大魔緣的茨姬，臨終的時刻了。」

他的聲音沒有絲毫起伏。

但他的神情深深懊悔，直直凝望著烈焰吞噬自己最愛的鬼，極力克制著。克制著想要奔過去的衝動，渾身都不停發顫。

不可能。

不可能，不可能。

茨姬那麼溫柔，又那麼美麗，等待她的怎會是如此殘酷的結局？

為什麼？就因為她是鬼嗎？

就因為她是妖怪嗎？

就因為她墮落成惡妖嗎？

但是人類逼她走上墮落之道的呀。

茨姬只是深深地、深深地愛著酒吞童子而已。

只是想要奪回人類拿走的酒吞童子的首級而已。

她的願望明明如此微小，多年來卻怎麼也找不到酒吞童子的首級，還敗給安倍晴明的轉世，全身浴火而死。

她的人生，居然結束在無止盡的絕望與痛苦中。

我不能接受，不能接受我的茨姬在烈火中燃燒。

她的慘叫聲不絕於耳。

過去我也曾好幾度陷入絕望，然而遠比當時更加深重的傷痛鋪天蓋地襲捲而來。

但我也稍稍鬆一口氣。

終於，結束了，茨姬那條漫長無比的復仇旅途。

她的身體早已到達極限，一直看起來那麼辛苦、那麼疼痛，我都不忍再看。

終於，一切都化為灰燼。

茨姬化成的白灰在空中飄盪、飛舞。

如同白雪般慢慢飄落地面、堆積。

燃燒自我直到成為灰燼，這般深愛一個男人的茨姬，在我眼裡顯得美麗絕倫。

她是個既悲傷又美麗，傻氣的人。

「茨姬，妳放心。在往後的時代一定還能相逢，一定會再次相見的。」

土御門晴雄身負致命傷，卻依然拖著身子往烈焰走去。
那個男人說這句話的語調不同於以往，顯得十分感傷。
「我一定會讓妳再次見到那個男人。一定……」
不曉得奔赴黃泉的茨姬是否有聽見那句話？
站在遠處凝望的我，也由於身為敵人的那男人的話語，看見一束希望之光。
儘管我心裡清楚那是不可能的，但如果真有那一天，妳能再一次出現在這個世界上的話。
如果除了轉世重生，沒有其他辦法可以拯救妳的話。
我希望下一次，妳能獲得幸福。
為了妳的幸福，我什麼都願意做。我……

*

那一天起，我失去生存的意義，整個人就像行屍走肉。
水連說要留在淺草繼續供養她，但我沒有勇氣繼續待在這塊土地上。那實在太痛苦了，我做不到。

水連真了不起。
那傢伙的心意跟他彆扭的性格完全相反，純粹到一絲雜質都沒有。
他說這是「贖罪」，但在我看來，就是極為純粹的愛情。
不幸存活下來的我，往後能夠做些什麼呢？
我該去哪裡才好呢？
茨姬已經不在這個世界上，我存在於此又有什麼意義？
「……異國的土地。」
忽然，過去茨姬說過的話浮上心頭。
她說我看起來對異國很有興趣的樣子。
當時就算有點興趣，也從不曾想過要遠行，更別提那個時代根本也沒有方法可以前往異國。
但現在比平安時代又晚了千年左右。
早已開發出多種離開日本前往海外的手段。
特別是我曾經聽說在西洋諸國，有跟我一樣會吸血的鬼。
既然如此，我就離開這個國家吧。
去尋找我內心無數疑問的「答案」。
尋訪那些連茨姬都不曾踏過的土地，見識她不曾看過的事物，學習更多知識，了解世界有多麼廣闊，找出答案。

然後開創各式各樣的可能性，增強自己的實力。

為了當有一天她再度現身在這個世界上時，存活下來的我能成為有用的助力。

世界好大。

雖然早就知道世界很寬廣，但光聽別人描述跟自己親自踏上那塊土地、親眼見識，完全是兩回事。

我搭上巨型商船來到十九世紀的英國倫敦，才深切體會到這一點。

那裡有著與日本截然不同的氛圍。

第一次見到的建築物、淵遠流長的獨特文化，產業及工業技術蓬勃發展，規模遠勝於日本。

此外還有一點與日本不同，人們的髮色及眼睛顏色有許多種。此外，就連禮儀的表現方式及服裝也相當獨樹一格。

我盡可能努力融入當地，熟記單字跟文法，並將頭上的角隱藏起來，打扮成英國人的模樣，用與這塊土地上的人相同的生活方式過活。

那時，原本繫在角上的銀鈴、那身為茨姬眷屬的證明，我把它改繫在劍柄上。

我並非忘了茨姬，這是代表著我要暫時告別那段過去的決心。

一開始我在倫敦做的事，就是勤奮工作，累積從事其他活動的資金。

從人類手中搶奪金錢十分容易，但我沒有選擇會招致毀滅的那條路。

不該殺害人類，不該搶劫人類。

這些也是大江山的信條。

我太清楚了，無論我多麼恨那些人類，到頭來這個世界仍是由人類所支配，如果我傷害他們，日後肯定會好幾倍地報應在自己身上。

我嘗試了各種工作。

在製鐵廠及紡織工廠做領日薪的勞動工作，在提供住宿的葡萄園工作，在飯店當門房，開計程車……

伴隨著工業革命，工作機會很多，每一件我都做到十分純熟，但賺的錢卻少得可憐。

不過在報社工作時，我獲得了各種關於人類和人類以外族群的消息，對我大有助益。

最重要的是，我能夠透過這些管道調查西洋吸血鬼的資訊。

日本的吸血鬼，我肯定是最後一位了。但西方仍存在眾多吸血鬼，並分支成許多種族，是一般大眾最為熟知的一種妖怪。

雖在英國，立場卻與日本的鬼相似。

這裡的吸血鬼有一些特徵跟我相同，但也具備了許多我沒有的特徵及弱點。

首先，西洋吸血鬼的天敵是「陽光」。

這一點跟過去的我相同，這恐怕可說是全世界吸血鬼共通的弱點。

但這裡的吸血鬼頭上沒有角。

原因是這裡的吸血鬼幾乎都是由屍體死而復生的。

換句話說，他們原本都是人類，只是已經死過一次了。

我頭上會有角，是由於我是血統純正的日本原生種。這包含兩項條件，一是必須由吸血鬼雙親所生，二是必須是日本的鬼。

還有，據說西洋吸血鬼怕十字架、大蒜，被銀彈打到會死掉，心臟釘上十字架也會死掉。這大概跟他們是從屍體復活的妖怪有關，才會對西方的宗教聖器或農產品沒有抵抗力。

此外，西洋吸血鬼睡在棺材裡。

這習慣也是源自於他們曾一度入殮、埋葬在土裡的緣故吧。

在這個國家也有如退魔師那樣追殺吸血鬼的存在，那群人名為「異端審判官」。對他們而言，吸血鬼是最大的敵人。

相同地，對吸血鬼來說，異端審判官及教會神父這些神職人員也是一大威脅。

在搜尋這些吸血鬼情報的過程中，我遇見許多西方的異類——也就是非人生物、傳說中的生物、幻獸、魔獸等怪物。

在這裡，他們不太用「妖怪」這種稱呼方式。

但本質上極為相似。這類存在自遠古時代起就因「獵巫」或「異端審判」而持續減少，現在已經幾乎要滅絕了。

日本的情況也差不多。比起平安時代，現在的妖怪數量銳減。

一方面是因為在織田信長的時代就淘汰了一大半，另一方面，也是因為能夠看見妖怪的人類數量少了許多。

在這塊異國土地上，也有一些好不容易存活下來的非人生物。

他們害怕被人類發覺，在各地建立起名為「庇護所」的隱密居所，悄悄生活在不為人知的角落。

通常拿來當庇護所的都是些森林裡的古老城堡、島上的廢墟或城鎮中沒落的劇場。還有一些傢伙選擇用馬戲團的身分掩飾，一面旅行一面逃亡。

我詳加調查各間庇護所的資訊並實地走訪，提供物資和情報，有時候還幫忙擔任保鑣，一點一滴與各地的西洋妖怪建立情誼。

在庇護所裡，有從獵巫活動逃過一劫的老婦人、狼人少年、精靈少女、小矮人一家，卻幾乎不見吸血鬼的身影。

女巫愛麗斯奇特拉告訴我，吸血鬼認為自身種族特別崇高，便組織了一個只有吸血鬼的同盟，賴此而生。

那個吸血鬼組織正是「赤血兄弟」。

「咿嘻嘻～吸血鬼容貌出色、聰明狡猾又擅長聚集金錢，那些傢伙的組織花了五百年在全球各地建立起的情報網相當厲害，在黑夜的世界裡，連人類都能玩弄於股掌中，特別是要找到具有權威的吸血鬼絕非易事。而且呀，只要曾經加入過同盟，想逃過他們的『眼睛』就難囉。咿嘻嘻、咿嘻嘻～」

愛麗斯奇特拉是位出色的女巫，她不僅能與自然界的妖精締結契約，也能在天際翱翔，還能調配出各式各樣的魔藥。

但她不擅長應付吸血鬼，可說是極為討厭他們。

由於我也是吸血鬼，一開始實在是費盡功夫，完成了好幾件愛麗斯奇特拉的請求，才終於讓她稍微願意幫我一點小忙。

愛麗斯奇特拉曾嘗試勸我放棄，但我仍計畫要跟「赤血兄弟」搭上線。

那群吸血鬼來無影、去無蹤，要找到他們十分困難，但我在意料之外的地方與他們出現了交集。

那個機會，來自於我以人類身分長年經營的某項事業。

——葡萄酒。

對吸血鬼來說，葡萄酒是鮮血的替代品。

我愛上葡萄酒的風味，便善用吸血鬼靈敏的味覺，與在報社工作時建立起的消息管道，以及在葡萄園工作時打下的人脈，在英國南部開闢了一座葡萄園，孜孜不倦地釀造葡萄酒，結果大獲成功，由此累積了莫大財富。

我釀的葡萄酒真是美味極了。

我只要能夠生產出足以代替鮮血的香醇葡萄酒就滿足了，錢賺太多也花不完，於是大半都捐給庇護所。

沒想到，這種葡萄酒後來成為英國皇室指定的品項，當時的維多利亞女王還賜給我「騎士」的稱號。

但以人類身分獲得的功勳，我根本沒放在眼裡。重要的是，這種葡萄酒在吸血鬼族群中也悄悄流行起來。

我之所以能做出受吸血鬼歡迎的葡萄酒，原因就在於我也是吸血鬼。

有一群吸血鬼因為那款葡萄酒而注意到我的存在，他們主動連繫我，邀請我在某個星期六晚上參加赤血兄弟的聚會。

那是在某座古老城堡裡舉辦的舞會。

他們稱之為魔宴。

渾身散發貴族風情的吸血鬼們交杯暢飲鮮血，舞動身軀。在那裡，我遇見了率領赤血兄弟、深受景仰的兩大吸血鬼。

第一權威是男性吸血鬼德古拉伯爵。

第二權威是女性吸血鬼巴托里・伊莉莎白。

簡直就像是以前的大江山，領導者分別為一男一女。

他們兩位皆是生平佚事在西方廣為流傳、名聞遐邇的大人物，在歷史上被認為已經死亡的偉大吸血鬼。他們絕不是夫婦，但有時又會表現出好似伴侶的親暱舉止。

這兩位對我的葡萄酒極盡誇讚之能事，也非常欣賞我，表示想要邀請我加入赤血兄弟。

我打算進入赤血兄弟，從組織內部影響他們。

吸血鬼這個種族，就是對同族非常寬容，即便是異國的吸血鬼也不例外。

可是一旦面對人類，就會搖身一變為殘忍無情的怪物。其殘忍程度絕非其他妖怪所能比擬。

只要知曉中世紀異端審判的歷史，了解吸血鬼至今曾受過的凌虐，也並非不能理解他們憎恨人類的心情。我也一樣，直到今天仍是討厭人類。

但是，他們吸血不光為了活下去，還會純粹為了找樂子而折磨、殺害人類，我看了實在心裡不舒服。每次的魔宴上，他們根本把欺凌人類當成一場表演秀。

跟酒吞童子及茨木童子沒有半點相似之處。

他們跟那兩位的信念截然不同，從本質上就背道而馳。

要侍奉這種主子實在令人不快，但赤血兄弟與黑社會的連結很深，無論在獲取情報或是躲避人類威脅上，都是非常有助益的組織。

而且他們長年在尋找克服陽光的方法。

我跟他們說，我這種吸血鬼原本就不怕陽光，這是天生的。

他們因此對我另眼相看，給我更好的待遇。

往後的日子裡……

夜晚時分我隸屬於赤血兄弟，白天則以人類身分活動，並且暗地裡幫助受到庇護所照顧的非人生物。

日子過得飛快，時序就要進入世界大戰。

無論是西方諸國還是遙遠的日本，都無可倖免地被捲進戰火之中，舉國上下一片混亂。

人類真是愚蠢。

儘管同樣身為人類，卻因人種、宗教或歷史因素產生各種紛爭，無情地相互殺害，創造出無可挽回的毀滅性武器，破壞了一切。

人類是一種原以為他好好反省過了，結果馬上又陷入新糾紛的生物。

這樣小心眼的傢伙，根本不可能接納與他們截然不同的族類。

我徹底明白，在由人類支配的這個世界上，我們妖怪之輩終究只能躲起來，無聲地活在陰影之中，除此之外再沒有其他存活的方法。

最好別期待人類願意來理解我們、體諒我們的難處。

酒吞童子。茨姬。

我活在你們未曾見過的地獄，最惡劣的時代中。

戰爭的年代結束了，時間拉到現代。

在某座古老城堡的魔宴中，德古拉伯爵宣布一件事，吸引在場所有吸血鬼的注意。

「同胞們，仔細聽好，我們多年來的心願終於要實現了！」

吸血鬼此起彼落地發出驚呼，眼睛全都睜得大大的。

不知道為什麼，我內心浮現不好的預感。

「我獲得一個情報，有一位住在日本淺草的少女，她的鮮血擁有這種力量。那個少女的名字叫做茨木真紀，據說是那個國家名叫茨木童子的鬼的轉世。」

——茨木童子。

他的發言讓我震驚到說不出話來。

茨木真紀？茨木童子的轉世？

意思是，她真的再度現身於這個世界了嗎？

「哎呀，凜音，你的臉色不太好喔，怎麼啦？」

身旁的巴托里夫人立刻看穿我內心的震動。

「沒事，只是那個妖怪在日本非常有名。」

「喔呵呵呵呵。對耶，你原本就是東方島國來的吸血鬼。瞧瞧我這糟糕的記性！」

巴托里夫人一面單手搖著華麗的扇子替臉搧風，一面尖聲高笑。

我並沒有告訴這些吸血鬼，過去我曾是茨木童子的眷屬。

沒事的，他們還沒有發現。

不過，那也只是時間早晚的問題，絕對不能小看這些傢伙的情報網。

這群吸血鬼覬覦茨木童子轉世的那個女孩的鮮血。

要是他們將目標鎖定在日本這個國家，那我曾是茨木童子眷屬這件事，很快就會曝光了。

沒有時間了。

我得盡快傳達這個危險的消息給茨姬轉世而成的那個少女！

可是，立刻動身回到日本之後，我大失所望。

過去曾是茨木童子的那名少女，現在真的成為一個極為普通的人類女孩，而且她身旁還有酒吞童子轉世而成的少年陪著。

兩人盡情享受學生生活，彷彿前世悲劇都已是無關緊要的過去。

酒吞童子的轉世天酒馨，甚至連茨姬為他墮落成惡妖的事實都不知道。

完全不曉得酒吞童子死後，她所經歷的那段漫長戰役。

也不曉得她當初就是在淺草斷氣，還悠然自得地在那塊土地上過活。

茨姬的轉世茨木真紀，看來也沒有向天酒馨透露真相。

她微笑著編織謊言，沉浸在虛假的幸福中，簡直像是過去身為惡妖長年征戰的時代根本不存在。

……開什麼玩笑。

開什麼玩笑、開什麼玩笑、開什麼玩笑！

我可是記得一清二楚。

從千年前到現在，我的記憶一直是連貫的。我可沒有伶俐到可以輕易切割過去。放下過去重新開始，這種事我辦不到！

給我想起來，給我好好體會一下。

搞清楚，這個時代絕不平靜。

給我擁有危機意識，給我挺身戰鬥。

因為太平盛世而鬆懈這種事，我絕不容許。

這樣下去，就會重蹈前世的覆轍……

所以，我精心擬訂計畫，甚至還搶走藏身鎌倉的深影的一隻眼睛，對那兩個人設下圈套。

就為了搶在敵人展開行動之前，通知他們這股威脅勢力的存在。

為了喚醒沉睡的鬼——

○

我在半夜睜開眼睛，驀地坐起身。

「……」

剛才作了一個好長的夢。

好久好久以前，與茨姬的相遇，以及離別。

茨姬消失在這個世界上之後的夢。

「拔～庫～」

枕邊，小妖怪貘縮成一團。

牠一發覺我醒了，便將那雙亮晶晶的小眼睛睜得圓圓的，挨近我的臉頰磨蹭。

不知不覺中，牠已經會對我撒嬌了。每次只要我摸這個小傢伙的長鼻尖，牠就會露出喜色。

「那些是……你讓我夢見的吧？」

「拔庫拔庫。」

貘是吃夢的妖怪，但偶爾也會像這樣歸還夢境。

這夢境太過鮮明而真實，大概因為我老是讓牠吃自己的夢吧。至少睡覺時，我想要將過去的一切拋諸腦後。

但牠是要我至少今天不能再逃避過去了嗎？

「——唉。」

內心有什麼要爆發似的。

我順了順呼吸，閉上雙眼，再緩緩睜開。

環顧四周。

這裡是現實世界。看來我是睡在客房的床上。

那些吸血鬼發覺到茨姬的所在之處、展開行動，我便和他們打了起來，因此身受重傷。

他們很快就會找過來，屆時這裡可能會化為一片血海。

我得趕在那之前，把茨姬送去別的地方……

身上的傷都已經包紮好了。我大概是喝過茨姬的血，現在精神奕奕。

而茨姬本人正趴在床旁呼呼大睡，看來是一直在照顧我，如同當時一樣。

「茨姬。」

我輕撫那頭秀髮。

即使如今的髮色並非當年的鮮紅，外表也是一位普通的人類少女，妳仍舊是千年前那位茨姬的轉世。

這明明從一開始就是極為明顯的事實，我卻忍不住接二連三地測試妳。

內心有道聲音悄聲說：「如果真是這樣呢？」卻又有另一道聲音吶喊著：「不可能是這樣。」

第六章 在祕密花園的決鬥

「嗯……」

輕輕掠過鼻尖的高雅香氣喚醒了我。

「……咦？凜，你醒啦？」

我撐起上半身，揉了揉眼睛。

在朦朧的視野中，捕捉到一道佇立在窗邊的身影。

窗簾拉到兩旁，凜音沐浴在透亮的朝陽中。

筆挺襯衫上頭套著黑色西裝背心，他優雅地站著，獨自靜靜地品嚐紅茶。

順帶一提，我現在正躺在原本應該是凜音躺著的床上。

我記得……包紮好凜音的傷口，強迫他喝下我的血後，我就趴在床邊睡著了才對。為什麼現在凜音活蹦亂跳的，反倒是我呼呼大睡？

「凜音，早安。」

凜音僅將目光轉向我。

「你全身上下都是傷耶。有好多舊傷疤，也有許多新的傷口。你到底是做了些什麼？」

一直以來，你究竟是在和什麼爭戰不休？

「……我的事不重要吧。」

但凜音回答我的語氣十分冷漠。

我爬下床，沒有一絲懼意地直直盯著他。

「誰說不重要。凜音，你到底在做什麼？這次又打算做什麼？回答我。」

凜音默不作聲。他的目光顯示了他認為沒有必要回答。

沒錯。他只是我的前眷屬，現在並不是我的眷屬。

他沒有義務要聽我的話。

可是過去他還是我的眷屬時也一樣，從某一天起，他看我的眼神就乍然變冷。

在大江山相遇、長大成人後的某個瞬間開始，就突然變成這樣。

凜音並非不重視我，我也從不曾忘懷凜音這個眷屬。我深信在內心深處，直至今日也仍有一份羈絆緊緊地繫著我和他。

但偶爾我會看不清，他打算做些什麼？

目的。策略。純粹的心願。

「算我拜託你，你要更珍惜自己一點。凜音，只要看著你，我就覺得很不安。該說你是趕著活嗎？簡直像是背後有什麼東西一直在追趕你……」

儘管這些話聽起來像一個媽媽的叨念，我仍舊決定說出口。

凜音「哈！」地嗤笑。

「那是在說妳吧？茨姬。」

「你說什麼？」

「趕著活的人是妳，我只是急著死。」

「……」

一陣涼意拂過胸口，我一時間說不出話來。

他的話讓我察覺到危險，內心十分擔憂。

「為什麼？你想死嗎？」

帶著怒氣的悲傷慢慢凝聚上心頭。

我完全沒想到會聽見凜音這麼說。

「你為什麼要說這種話？我們這輩子好不容易才能重逢。好不容易，大家終於都聚集在淺草。」

「……妳根本什麼都不懂。」

凜音將茶杯放在小茶几上，視線冰冷地瞪著我。

「妳什麼都不懂。妳把我的身體變成這樣，讓我記住妳鮮血的味道，然後叫我要活下去。」

「……」

「讓我瘋狂至此……然後又一句話就乾脆把我拋下不管的，不就是妳嗎？明明妳很清楚被拋下的人是什麼樣的心情。」

凜音步步逼近，把我逼到牆邊。

他單手抵住牆面，身軀彷彿覆蓋住我，目光激動地低頭望著我。

「這輩子也一樣。妳居然轉生為身體脆弱又短命的人類，又受到那麼多妖怪覬覦。這就算了，結果妳還總是主動迎向危險，行事毫無章法，妳根本不曉得自己在做什麼。」

「可是，凜音……」

「我就是看不下去！我沒辦法再承受一次，要是妳又先離開這個世界……」

凜音的眉心擰出深深的紋路。

「上次我也沒有辦法承受，根本忘不了妳。不管我去了哪裡，不管我做什麼都一樣！」

他撐在牆上的那隻手緊握成拳，將自己的內心暴露在我面前。

「所以我才要把妳關起來，關在安全的庇護所，關在這座讓人時序錯亂的花園和洋房裡。」

「……凜。」

他的控訴、他的低喃，都讓我毫無反駁的餘地。

妖怪與人類不同，越重要的事物就越難以忘懷，是一種悲哀的生物。

曾經深愛過的對象、曾經誓言效忠的人，就會永遠、永遠眷戀著，沒有終結的一天。

凜音雖然看起來彆扭，但其實他比誰都要率直。

從一開始，就一直十分率直。

他宛如一把打磨到發亮又鋒利無比的劍，總是毫無保留地筆直面對我。
正因如此，他沒辦法像阿水那樣好好替這份心情找到一個平衡點。
茨姬死後，凜音選擇離開這個國家，就是因為失去了內心依憑之處。他希望盡可能走得遠遠的，想要盡量忘卻我和大江山的一切吧。
可是，到頭來他仍無法忘懷酒呑童子跟茨木童子在他身上刻劃下的信念，繼承了他們兩位沒能完成的心願。
絲毫不顧自己的身體和內心受到多少傷害……
「凜音。」
我抬頭望向凜音，雙手輕輕覆在他的頰上。
接著，在這股緊繃的氣氛中，將他的臉頰用力朝兩旁一拉。
「……茨姬，妳在做什麼？」
凜音的不悅十分明顯，但我絕不是想開玩笑糊弄他。
「欸，凜音，跟我一決勝負吧。」
「什麼？」
凜音挑了挑眉，一臉懷疑地盯著我。
我此刻臉上應該是露出平常那種勝券在握的笑容吧。
「就像千年前那樣，一決勝負。當時是拿我的鮮血當賭注，這次我要拿我自己來打賭。」

「茨姬，妳是什麼意思？」

「沒有什麼意思，就是拿自己當賭注，找你一決勝負。簡單來說，要是我輸了，我就當你的眷屬，不管你要把我關在哪裡都隨便你，你想吸多少血都可以。我會成為你的所有物，為你獻上我的忠誠，聽從你的任何命令！」

這些原是不該用得意洋洋的態度說出來的內容。

但我原本就一直想找機會收凜音為眷屬。

雖然他嘴上總說，幫我都是出於想要我的血這種好似壞蛋的發言，但其實他只是看不下去而已。我總是隨心所欲，他怕我有一天會無預警地遭難。

他只是不擅長表達情感，只是一直想要保護我。

可是呀，凜音，我也有自己的願望。

「相反地，如果我贏了，你要再次成為我的所有物。你聽清楚了吧？」

我加重語氣問道。

凜音瞇細雙眼，思索我真正的目的。

「妳的意思是又要再次束縛我嗎？」

「如果你不想被束縛，就想辦法打贏我呀。想辦法從我的怪力和束縛中逃走。只是，過去你一次也沒有贏過我就是了。」

「隨妳說，但我已經不是當年的小孩子。」

彼此都有無法讓步的原因，鬥志越來越高昂。
他的嘴角緩緩往上翹起。
好久好久以前，千年前的過往。
想必這時我們都回想起屢屢兵戎相向的那段日子。
宛如繪卷般色彩鮮明，一決勝負的記憶。

我跟凜音立刻走出洋房，來到庭園。擁有一整片美麗草皮的開闊場所。
陽光灑落大地，花兒繽紛綻放，柔和微風徐徐吹拂，知更鳥輕巧飛舞著，在恬靜的英式花園旁邊，即將展開一場血戰。
「等一下，凜音，這裡實在不太適合吧？」
在這個適合悠閒喝下午茶的庭園中兵戎相向，我覺得有點彆扭。
我一旦抓狂，這裡肯定會被夷為平地。
「沒辦法，只有這裡夠寬敞。」
凜音的語調平淡，朝我拋來一把收在鞘裡的劍。
我拔劍出鞘，細窄的優美劍身映入眼簾。
「這是……以前酒大人送你的那把劍對吧？」

千年前，當時年幼的凜音在大江山裡迷了路，酒吞童子說這小鬼將來前途無量，便送給他的第一把劍。

這把劍看起來有精心保養。

現在依然散發美麗的光芒，大江山洗鍊的劍。

凜音打算用另一把劍應戰。那是他依據自己的使用習慣，特別讓大江山的鐵匠打造的。這件事我也記得很清楚。

「這樣好嗎？你最擅長的不是雙劍嗎？」

「無所謂，又不是要砍一大群人。況且……」

他一眼金一眼紫的雙眸冷冷盯著我，從鞘裡拔出愛劍。

「我活得比妳久很多。」

……他說的對。

在我死後這段日子，凜音肯定從不懈怠地持續精進。

我要是有絲毫鬆懈，一定會立刻被擊敗。這場決鬥我得要非常專注。

「那個～我們來說明一下決鬥的規則。」

「不下殺手，不留活路，先放開劍的人就輸了。」

原本靜靜站在一旁的薩利塔跟吉塔說明完極為簡單扼要的規則，便看向我跟凜音，確定我們都準備好了，然後……

「那麼，預備……」

在宣告開始的聲音結束之前，我們手上的兩把劍早已重重地交擊。

尖銳的金屬撞擊聲。

還有靈力劇烈摩擦，有如猛烈撕咬彼此似的聲響。

灌滿鬥志的兩把劍每次交鋒、似流水般擦過的瞬間，皆會激盪出無數火花。

以前跟凜音對打時我就有這種感覺，他好像已經徹底研究過我的攻擊方式。不管我施展什麼樣的攻擊，他都能輕易閃避。

凜音原本就是個身手靈活的孩子。即使受到敵人圍攻，也總能輕巧躲開攻擊，眼睛好得很。

但不光是這樣而已，凜音的劍術遠比千年前進步。

靈力值是我遠勝於他。每一擊的力道他雖不及我，但動作靈活、招式鋒利。

更關鍵的是，他彷彿已想像過這場戰鬥無數次一般，看透了我的所有攻擊。

儘管如此，我也不會輸。我拿自己為賭注，是因為我很清楚如果不做到這個地步，就沒有機會踏入他的心。

不過……

「凜音，好開心呢！」

「我現在就讓妳那張臉再也悠哉不起來！」

我們簡直像在祕密花園裡共舞的男女。

明明實際上正在想方設法地奪取對方性命。

手裡握著劍玩鬧著，目光炯炯有神地凝視彼此，絕不漏看彼此的任何動作，無論是揮來的每一招，或是蘊含其中的想法。

凜音只有在和我對打時，總是看起來很開心。

在凌厲無比的刀光劍影中，彼此的呼吸、感情及靈力都益漸高昂，這一瞬間的交流，無聲勝有聲。

凜音一點都沒變，依然如千年前那般率直。

「唔！」

可情緒一激昂，也有些東西就會看不清。

凜音始終保持著一絲冷靜的劍鋒，瞬間擦過我的臉頰。

下一刻，他猛然將劍鋒往回拉，那毫不遲疑的劍勢似乎要直取我的首級，砍上我的脖子。

他是要取我性命。

「我贏了！」

凜音確信自己穩操勝算，但他的劍只有淺淺劃過鎖骨一帶，我千鈞一髮地閃開了。

不過純白洋裝上已是血跡斑斑。

這感覺倒是不壞。遊走於極限邊緣的刺激對戰。

啊啊……痛，又快樂著。萬般感觸湧上心頭，我眼淚都要落下來了。

「茨姬，很痛嗎？」

「是呀，很痛。但你應該很清楚吧？讓我流血了，就意味著我即將變得更強。」

我稍微拉開距離，重新調整好架勢，昂起頭，目光仍牢牢盯在凜音身上。

「正合我意，不然就沒意思了。」

凜音的臉頰流下一道汗水。他瞇細雙眼，舔去沾染在刀鋒上的我的鮮血。

接著，我們慢慢地重新架好劍。

老實說，凜音的劍術遠勝於我，要是和他打近距離戰，我的劍隨時都可能被他打飛，那只好……

「我不管你的花園了。」

「哦，然後咧？」

「看我把這裡徹底毀了！」

我在原地朝前方重重踏出一步，使勁朝下一砍。

光是這一砍，便掀起一股威猛如劇風的靈力波襲向凜音。

結果還是只有解放豐沛蠻力才是適合我的打法。

被靈力震飛的凜音用力將劍刺進地面，蹲下身子。

「呿，怪力女。」

凜音一直等到撐過衝擊波後，才恨恨地嘟噥。這也很有他的風格。

四周草地翻出好幾條泥巴色的裂痕。看來凜音是避開那一擊直接的力道了，但他渾身都留下細小的傷痕。

「呵呵，我不是說了嗎？不要在這麼漂亮的地方打呀。鬼一旦拿出真本事，一切都會被夷為平地。」

無論古老的城堡還是雅緻的英式花園都難逃一劫。

就連位在遠處的葡萄園亦然。

要是繼續打下去，搞不好全都會毀於一旦。

凜音聽了卻放聲大笑，彷彿在說變成那樣也無所謂。

「哈哈哈，好呀，茨姬。我們就打到這世界的一切都灰飛煙滅也不錯。」

鈴，鈴，鈴鈴——

每次劍鋒相交，繫在凜音劍柄的銀鈴就會清脆響起。

我們利用庭園裡的一切，截斷風勢，貫穿大地，設法將對方逼進劣勢。

終至，只剩下純粹的互砍。

「這次我一定要打倒妳！贏過妳！」

凜音咬緊牙關，目光凌厲，眼中只有我一個人。

「我絕不讓那種慘劇再次發生！除了我，再也沒有別人能傷到妳！」

他全力揮劍，只為讓我成為手下敗將，只為讓我屈服於他。

凜音大概知道許多與我有關的訊息，才會將我安置在身邊，關在安全的場所，打算讓我在這裡靜待外頭的暴風雨平息。

「你說的很對。如果不做到這樣，我搞不好會強出頭，在各個戰局中奮不顧身地打到渾身染滿鮮血。不是只有你，最近大家都對我有意見。」

「那就乖乖待在我身邊，不然妳肯定會再一次因為悠哉度日又缺乏危機意識的酒吞童子而深陷危險，那是已經清晰可期的未來！」

「……那樣的話，我就更不能輸了。」

凜音呀，你把馨的名字抬出來，實在是走錯棋了。

「這句話你應該聽到煩了吧，但我就是喜歡他。」

一點點。

真的只有一點點，凜音的劍勢似乎產生了迷惑。

我清楚接收到凜音「內心的動搖」，繼續步步逼近。

「就跟你想要保護我一樣。你跟我——沒錯，很相像。」

劍抵著劍。

我們在極為靠近的距離下望著彼此，吐露心聲。

「不行……不行！那樣的話，妳又會死的。」

我一步步探向凜音的內心深處。

「我死不足惜！只要能保護妳就好。就算我死了，妳應該也不會難過吧！」

「……」

那就是凜音急著赴死的理由嗎？

對不起，凜音。

我居然逼你說出這樣的話，讓你露出這樣的表情。

「？」

我拋掉手上的劍。

「胡說八道！你如果死了，我會難過得要命！」

凜音的動作頓了一拍。我趁隙衝進他懷中，往他的額頭狠狠一彈。

那一下，凝聚了沉重無比的心緒。

在與他相關的一連貫龐大記憶中，凜音小時候哭著喊「死了還比較好」的那一幕浮上心頭。

當時我在他的額頭上——當然是沒有現在這麼重啦——也用手指彈了一下警惕他。那時候他哭得好慘。

——磅！

長大成人後的凜音依然無法承受我的一擊，「磅」一聲掉進背後的蓮花池。

細碎的白色泡沫布滿他全身，晃盪他的身軀。

在水中直往下沉的凜音，露出一絲安寧的神情。

我毫不遲疑地跳進水裡。我又忘記自己其實不太會游泳了。

墜落至何處都無所謂。

我在水中緊緊抱住露出那種眼神的凜音。

對不起——內心深深為漫長千年來的過錯而懺悔。

「咕哇！」

我們一起爬上岸，使勁咳出剛剛不小心喝下去的大量池水。

凜音抹了抹嘴角。

「茨姬，妳在想什麼呀！」

他惡狠狠地瞪著我。愉快的決鬥被打斷，他氣得要命。

「哼，誰叫你講都講不聽，我只好小小處罰你一下囉。但是……」

我拖著身子來到凜音身邊，摟住他的頭，再次抱緊他。

「對不起，凜音，對不起。」

我早該這樣緊抱住他，鄭重向他道歉了。

從他用他自己的方式出現在我眼前的那一刻起。

「我有時候也會想，茨姬在酒大人死後對眷屬做的事，究竟代表什麼意義。那件事該讓你們多難受、多寂寞。」

「……」

「我拋下你們，將你們推下後悔與絕望的深淵。命令你們要好好活下去，轉身卻一個人赴死。如果真的為你們著想，就該叫你們跟我走……哪怕前方長路漫漫、哪怕是地獄的盡頭，都該命令你們跟我走的。」

我想，這應該就是凜音當初的心願。

他所渴望的並非自由。

過了好一會兒，凜音都沒有回話。他緩緩推開我，拉開一點距離。

接著，露出不懷好意的笑容。

「勝負揭曉了呢，茨姬。」

「對呀，我的一指神功把你KO了。」

「妳先放開了劍。」

「啊。」

此刻我才想起這場決鬥那過分簡單的規則。

接著終於發現自己幹了什麼好事，以及自己輸了的事實。

我睜大雙眼，臉色漸漸轉白。

「等、等等，等一下啦！剛剛那次不算，那是意外！」

「茨姬，妳這行為不太高尚喔。」

「可、可是，那是因為！」

我雙手激動揮舞，眼珠骨溜溜地轉個不停，凜音見狀便站起身，撿起挨我揍時掉落的那把劍，收回劍鞘。

「放心，我要改變對妳的要求。」

「咦？改成怎樣？」

我詫異地問。他在我面前站定，低頭望著我片刻，然後才沉穩地說：

「我要妳再一次收我為眷屬。這樣的話，這次就放過妳。」

我抬頭盯著凜音，眼中是滿滿的驚訝。

他舉止成熟地朝我伸出手。

我們兩個全身都因池水而溼答答的，水珠閃耀著光輝，晶瑩灑落在空中。

我握住凜音濡溼的手，被他拉起身。

凜音已經不是過去那個小孩子。他的大手強而有力。

雖然遲了許多，但我終於意識到他已經長大。

沒錯，凜音已經……不是小孩子了。

「……凜音，我有句話要說在前頭。我總有一天會死，而且會比你早死。」

他要求再次成為我的眷屬，那就有件事必須先問清楚。

「你能夠再次送我離開嗎？」

聽見這個問題，凜音垂下眼眸。優美的銀色睫毛上沾滿水珠。

下一刻，他抬起眼，目光銳利地凝視著我。

「只要妳願意再一次把我放在妳身邊。」

說的也是。我點頭。

他早已有所覺悟了吧。

那麼，我也不能辜負凜音的心意，還有他的願望。

「我明白了。既然如此，我就允許你一直愛我，直到我斷氣為止。」

凜音對我的感情，我早就察覺到了。

大概，從千年前。

「但我這一生的摯愛只有一個人，只有馨喔。」

「……我知道，我沒有要得到回報。」

「嗯。凜音，我不打算阻止你愛我，你可以一直愛我、一直保護我，這是你的願望吧？」

說到底，凜音渴望的只是「我允許他這份不受祝福的感情」。

老實說，我不知道這樣做好不好。明明沒辦法回應對方的感情，卻命令他一直愛著我。可是……

「凜音，在你超過千年的漫長人生中，再多一百年，再多愛我一百年。然後，最後看著我在所有眷屬──包括你──的圍繞中，幸福而滿足地含笑死去。」

「……」

這是期限十分清楚的一份契約，和茨姬那時不同。

正因如此，藉由這道命令實現凜音的心願，讓他親眼看到我過著心滿意足的幸福人生，等我嚥下最後一口氣後，他才終於能從宿命中解放。

要拯救並解放凜音，除此之外別無他法。

其實早在千年前遇見他、給他鮮血、收他為眷屬的那一刻起，一切就註定好了。

凜音用純粹澄澈的目光凝視我片刻。

「嗯，這樣就夠了。這正是我苦苦尋求的答案。」

他的語氣肯定，聲音聽起來像是原本緊繃的狀態終於鬆開，全身放鬆了力氣。

「茨姬，妳不用同情我。妳無怨無悔地深愛酒吞童子，即便變成那副模樣也依然為他而活的身影，更是深深吸引著我……正因為我看見了那樣的妳，所以才會發狂般地愛著妳。」

「……」

這一刻，我才發現淚珠滑下臉龐。凜音輕輕微笑，用指尖拭去我的淚水。

萬千感慨堵在心口，我還想再哭上好一陣子，但現在有更重要的事等著我做。

「凜音，以我眷屬的身分，回到我身邊。」

我拉下洋裝的肩帶，將後頸送到凜音眼前。

他伸手環住我的腰，緩緩將臉埋進我的頸窩。

尖牙抵住肌膚，輕柔地刺進去。

一陣痛楚傳來，我感覺到鮮血正汩汩流出，身體也漸漸沒了力氣。

凜音抱緊我的腰，撐住我的身子。

他在喝完代表誓約的鮮血後，用若有似無的沙啞聲音低喃：

「茨姬，我很感謝妳。從千年前，就一直很感謝妳。」

「……嗯、嗯，我曉得，你一直很努力……凜，你一直都很努力。」

正由於我沒辦法回應他的感情，不禁想像了一下如果是我置身於凜音的立場，那會是什麼樣的情況。

那實在太哀傷了，我不禁熱淚盈眶。

第七章 吸血鬼的闇夜魔宴

與凜音一決勝負後，我昏睡了一會兒。

締結眷屬的契約十分消耗靈力，我又給了凜音大量的鮮血。

「……肚子好餓。」

飢餓感猛烈襲來，肚子毫不留情地咕嚕大響，這才讓我悠悠醒轉。

無論如何，我得先吃點東西。我昏睡的這間房看起來沒有人在，只好爬下裝有床幔的公主床，走出房間去找凜音跟兩位狼人少年。

「啊，好香喔～」

有一股誘人的食物香氣引領我走到餐廳。

裡頭擺了一張可供貴族們並排入座的華麗長桌和整齊排列的多張椅子。

桌面上，報紙隨意攤開著。

看到最上面那張報紙上用巨大字體寫的標題，我不禁睜大雙眼。

『都內各處慘案頻傳　超乎常識的木乃伊事件』。

桌上大約有一星期份的報紙，最早的一份是凜音抓我過來的上星期六。

那是三社祭第二天的夜晚，報導上說在熱鬧非凡的淺草地區有許多人突然倒地不起，遺體宛如乾枯的木乃伊，總計出現了十人左右的犧牲者，原因尚待查明。

星期日在新宿出現六名，星期一在六本木出現七名，星期二則在東京車站附近出現了十二名，星期三、星期四分別在……各地相繼發現多數變成木乃伊的遺體。

遺體在遭人發現時，共同特徵是身上都有傷口，並呈現大量失血的狀態。

新聞節目似乎也日夜不停地熱烈討論這起案件。

在網路上也出現各種言論，有人主張吸血鬼的存在，有人懷疑是未知的傳染病，有人則認為是大災害的前兆，甚至有人提出世界末日即將到來的煽動性言論。

警察將其定調為獵奇的大規模殺人案件，著手展開調查。可是案件的規模雖大，警方卻找不到任何有用的線索。

「這些……難道是……」

肯定是吸血鬼同盟「赤血兄弟」幹的好事。

這也代表陰陽局沒能成功一手遮天，那群吸血鬼的捕食行動，已經囂張到擺到人類社會的檯面上。

此外，許多人表示在犧牲者出現的地區附近聽見爭鬥聲、爆炸聲及槍聲、還有類似金屬撞擊的聲音。還有許多人說，現場出現各種不可思議的現象，像是突然颳起一陣劇風、無數藤花飛舞飄落、大量的水從空中墜落等等。

馨跟眷屬他們沒事吧？看來肯定是跟那些吸血鬼槓上了。

那些人類陳述的不可思議現象，想來就是隱遁之術沒能徹底掩藏的交戰痕跡。

「不對呀，等等，我被抓來後已經過了一個星期嗎？我一直以為來這裡才過了兩個晚上而已耶。」

心臟因震驚而劇烈鼓動。

這是怎麼回事？難道是我哪次睡著時，其實已經過了好幾天嗎？

「我不是說過了，現在外頭很危險。」

「……凜音。」

餐廳深處通往廚房的門扉開啟，凜音走了出來。

他一定是為了讓我看見這些報導，才特別把報紙放在這裡。

「這是怎麼回事？從我來這裡，已經過了一個禮拜嗎？」

「嗯，這個狹間的時間流動與外界不同，是我為了擾亂時間感而做出來的。」

「難道是……『浦島太郎系統』嗎？你居然能做出這種高難度的狹間。」

在狹間結界中，能夠擾亂時間流動體感的類型就稱為「浦島太郎系統」。

從字面上就能看出這種系統是以童話故事《浦島太郎》命名的，象徵浦島太郎在龍宮城所度過的時間跟原本世界流逝的時間長度不同。

簡單來說，就是刻意讓這座「葡萄園之館」中的時間，跟外界的時間不一致。

這裡不僅僅是狹間結界而已。

操控時間流動需要非常高難度的技術，還有多種素材。

這種術法極為困難，我以為只有馨一個人會。

沒想到凜音居然也會，太令我驚訝了。不過更重要的是，他是出於什麼樣的原因要做一個擾亂時間感的狹間呢？

我內心塞滿各種疑問，但還是決定先問一下那群吸血鬼引發的案件。

「吸血鬼的行動好像越來越高調了，這是赤血兄弟的戰略嗎？」

「應該是。上星期六晚上我帶著妳一起消失了。肯定是怒火攻心的巴托里夫人下令讓大批吸血鬼在各地肆虐吧。茨姬，這是為了引誘妳現身。」

「引誘我……？」

意思是，敵方連我沒辦法見死不救的個性都摸得一清二楚嗎？

「自古以來，吸血鬼的魔宴就一定是在『星期六晚上』舉行。西洋吸血鬼多半都是人類死而復生所變成的怪物，星期六對他們而言，意味著復活的日子。」

「等一下，西洋吸血鬼都是死人變成的嗎？換句話說，就是活屍囉？」

「妳要這樣說也沒錯。」

這麼說來，故事裡的吸血鬼的確都是睡在棺材裡。

只是因為凜音不是由死人復活而成的吸血鬼，所以我自然以為其他吸血鬼也都像他一樣，是由同種族的雙親所生。

「他們和我從根本上就截然不同。西洋吸血鬼是在死後因幾項條件俱全而誕生的怪物……西方的妖怪。」

他們跟原本就身為吸血鬼一族而誕生的凜音，本質天差地遠。

但日本也有死後化為妖怪復活的例子。

「星期六具有特殊意義，因為星期六夜晚就是吸血鬼誕生的條件之一。特別是五月的星期六對於吸血鬼來說是最特別的，所以他們無論如何都想在五月的最後一個星期六，用妳的鮮血來舉行儀式。」

「最後一個星期六……不是快到了嗎？」

聽到我發問，凜音從懷中掏出懷錶確認時間。

「是呀，在這個狹間結界內的七個小時以後，現實世界中的『五月最後一個星期六』的黃昏即將降臨，那是他們最後的機會。」

凜音繼續說，想必他們會配合這個時機大舉展開攻勢。

「凜音……我還是得回去！東京會發生那些案件都是我害的，都是因為我不見了。」

「妳搞錯了。要是妳人還在那裡，那群吸血鬼絕對會不擇手段地追捕妳，到時受害的人數只會更多。上星期的祭典中，他們並沒有越過結界，只在淺草周邊引發騷動，但茨姬，要是妳人在淺草，那些傢伙可是會豁出去大鬧一場，淺草極有可能淪為戰場。」

「……」

從他這段話，我領悟到凜音抓我過來的用意。

「你難道是為了保護淺草才把我抓來的嗎？」

凜音側眼看我一眼，這麼回答：

「那是妳臨終的土地，不能任人汙染。」

原本紛亂不休的內心稍微安定了些，我找回了冷靜。

「我懂了。凜音，這一次我聽你的。」

那群吸血鬼的想法和行動，沒有人比凜音更加清楚。

比起我衝動離開這裡蠻幹一場，按照他的計畫走，或許能將傷亡降到最低，打破眼前的僵局。

凜音笑出聲，拉開餐廳的椅子。

「這樣的話，那我們先坐下來，好好吃頓早餐吧。」

「咦？早餐？」

「肚子餓了怎麼打仗，妳應該餓到兩眼發昏了吧？」

「……」

咕嚕咕嚕～肚子不爭氣地大聲響起，回答「你說的沒錯」。

搞不清楚是在吃早餐還午餐，但我們全聚在一起享用食物。

居然是日式料理的煎魚定食。

厚煎蛋、燉煮的根莖類蔬菜及香菇、涼拌蘆筍、用赤味噌煮的味噌湯、淺漬南瓜跟剛煮好的熱騰騰大碗白飯。

「啊啊～太棒了，我正好想吃這種料理！」

我雙眼散發燦爛的喜悅光芒。

來這裡之後吃到的食物，都是隱形小管家做的西洋料理。好吃是好吃，但我是純正的日本人，差不多開始想念白飯的滋味了。

聽說隱形小管家不會做日式料理，也就是說，這些是凜音親自下廚特別為我做的餐點。

「開動！」

我先嚐一口魚。魚身相當厚實，是銀鱈的西京燒。

連皮都烤到香脆，顏色很漂亮，看起來就十分美味。

魚肉蓬鬆柔嫩，調味甘甜有深度，讓我忍不住扒了好幾口白飯。

「西京燒這名字很常聽到，到底是什麼呀？」

我雖然是京都出身的大妖怪，卻缺乏這類常識。

「魚用味醂、酒和白味噌拌勻後醃漬入味，再煎烤而成。像銀鱈這種富含脂肪的魚類，做成西京燒就能去除多餘的油脂，味道會變得很有深度。」

凜音一面說明，一面也在桌邊坐下。

「哦，原來是這樣，那肯定好吃的呀！」

我大快朵頤的同時，腦海中浮現凜音煮這些美食的模樣，臉色倏地發白。

這傢伙……該不會比我這個高中女生主婦還會做菜吧？

「欸，你什麼時候變成這種樣樣都在行的完美超人啦？雖然你從以前就聰明伶俐，只要有人教，什麼都能學得很好。啊，不過，當初在大江山時，你就是負責抓魚來烤的嘛。」

儘管如此，當時他並沒有這麼熱衷於做菜，反倒是嫌麻煩才對。

我嘴裡喀哩喀哩地嚼著淺漬南瓜，冷眼瞧著凜音。

「妳沒資格瞪我吧。而且說起來，那個時代根本沒幾樣稱得上是料理的食物。」

「說、說的也是。」

「我只是活得比較久。活了這麼久，自然就什麼都會了。」

「……」

凜音淡淡說道。他維持一貫的淡漠態度，在用餐前優雅地啜飲紅葡萄酒。

或者說，這一杯大概才是他真正的食物。

「欸，凜音，你手上那杯葡萄酒，是你在這裡的葡萄園種出來的嗎？」

「沒錯。是吸血鬼的慰藉，像藥一樣的替代品。只要有葡萄酒，就算稍微血量不足也能活下去。特別是我釀的酒深受吸血鬼喜愛，十分美味。」

凜音對於這件事倒是顯得有幾分得意。

我眼睛眨也不眨地凝視著鮮紅晶瑩的葡萄酒注入高腳杯的畫面，卻聽到凜音說「未成年禁止喝酒」這種古板的發言。

算了，反正我這個年紀也沒辦法體會葡萄酒的美味吧。

「說起來，吸血鬼平常不喝人類的鮮血就活不下去，也是一種很辛苦的生物耶。你都怎麼應付這個問題？」

「我跟一些醫療單位有聯繫，幾乎都從那邊買血。」

「哦，還有這種方法呀。」

凜音常常看起來一臉貧血的模樣。

他肯定除了緊急情況以外，絕少直接從人類身上取得鮮血。

不光是吸血鬼，不攝取特定食物就沒辦法活下去的妖怪相當多。

譬如眼前並排坐著的兩位狼人。

他們面前的食物跟我們不同，兩人正心無旁鶩地大口撕咬三分熟的厚牛排。

狼人每天都得吃肉。之前我曾從同樣身為狼人的魯卡魯口中聽說這件事。

薩利塔跟吉塔雖然是小孩子，平時的舉止卻十分紳士，甚至還散發出一股出身良好的少爺氣息。

但他們吃肉的模樣卻是十分狂野，將狼人的一面展現得淋漓盡致。

「對狼人來說，肉是不可或缺的。最好是牛肉，再來是羔羊肉。」

「哦，就算都是肉，不同種類的效果也不同呀？那相較於日式定食，肯定是牛排更好囉。」

每種妖怪都有自己獨特的身體特徵，在飲食上也各自有不同的限制。

而我對於吸血鬼來說，就是獨一無二的極致美食。

「我說呀，凜音，你該把全盤計畫一五一十地告訴我了。你把我抓來這裡，不會光是為了請我吃飯吧？你肯定有什麼計畫。」

吃完飯、細細品嚐餐後葡萄紅茶的香氣之後，我立刻逼問凜音。

「當然是為了擊潰赤血兄弟。」

凜音理所當然地答道，同時依然優雅地啜飲紅酒。

「全世界隸屬於赤血兄弟的吸血鬼，現在全都為了妳的鮮血聚集到東京，這是將他們一網打盡、摧毀這個組織的好機會。我為此計畫已久，四處布局。」

「摧毀赤血兄弟這件事，你原本打算自己一個人完成嗎？」

「……嗯。」

聽到凜音淡漠的回應，我不禁長嘆一口氣。

然後，拿起叉子插進餐後甜點——鮮嫩水靈的葡萄水果塔。新鮮葡萄跟亮晶晶的葡萄果凍鋪滿塔皮，視覺上華麗又豐富。

「你呀，悟性高，學什麼都很快，做菜做甜點都美味無比，頭腦好長得又帥，是我一直引以為傲的眷屬。只是你看起來雖然冷淡，卻出乎意料是個熱血笨蛋耶～」

「啊？熱血笨蛋？」

凜音原本酷酷的表情瞬間崩塌，換上一臉「妳在胡說什麼？」的意外神情。

原本吃完飯正大口暢飲葡萄果汁的兩位狼人聽了也忍俊不住，凜音立刻狠狠瞪了他們一眼。

「你呀，對自己的眷屬要溫柔一點。微笑、微笑～」

我伸手戳了戳凜音的臉頰，他大概是生氣了，像是拍蚊子一樣把我的手揮開。

「少說廢話。沒時間了，我繼續講。」

他雙手手指交握，抵在下巴說道。

「我剛說到一半。原本我是為了組織要把妳抓來，茨姬。我甚至還向赤血兄弟吹噓說，我是最容易接近妳的人。」

「咦？你原本是打算出賣我嗎？」

對於我的驚呼，凜音只回了一句「給我聽到最後」。

「只是做做樣子，避免他們搶先行動，向妳出手。為了這一刻，至今我可是一直努力累積他們對我的信任。」

他交握的十指驀地繃緊。

「我完美地騙過他們，將妳抓到這裡藏起來，接著就輪到要擊潰那些傢伙，特別是號稱吸血鬼兩大權威的德古拉伯爵和巴托里夫人，我無論如何都要在這裡殺了他們。那與水屑齊名、極為凶殘的大妖怪……」

我只是聽了幾件吸血鬼兩大權威的殘暴事跡，該怎麼說呢，就差點要把剛剛吃下肚的食物都吐出來了。

將人類做成串燒殺害，用殘忍刑具折磨處女再行凶……唔哇。

「但他們都不是能輕鬆應付的目標吧？你打算自己動手實在太亂來了。敵方不只是那兩個人而已，而是全世界的吸血鬼耶。」

「……」

「你該不會原本打算豁出性命吧？」

凜音一句話也沒有回，但那就等同於他的回答了。

「我不准。既然你已經成為我的眷屬，我就不可能放你一個人獨自戰鬥。」

我站起身，雙手「磅」一聲拍向桌面，堅定地宣告：

「我也跟你一起戰鬥。」

「可是……如果借助妳的力量，那我至今所做的一切，究竟又算什麼呢？」

「你問算什麼？你守護了我的尊嚴、我的容身之處、還有大江山妖怪的理想。這樣……已經充分報答千年前的我們了。」

我走到餐廳的窗邊，回想之前看到的那幾張有凜音的相片。

他遍覽各國，結識了許多妖怪，並且出手幫助他們。

他會栽種葡萄、釀造葡萄酒，想來一方面也是為了提供那些異國妖怪工作的機會。

昔日大江山的精神，由凜音繼承了下來。

凜音延續的這一切絕非白費功夫。現在的我很明白

「欸，凜音。」

我轉身看向來到身旁的凜音。

「我真的很高興。這可是千年喔。即便過了千年這麼漫長的時光，無論你或我都依然懷抱著和當時相同的驕傲。」

我朝凜音伸出手。

「來吧，我們一起戰鬥。」

凜音靜靜地凝望沐浴在午後金黃陽光下的我，過了半晌，終於單手扶額，輕聲嘆息道：

「結果我還是贏不了妳。」

接著，他在我面前跪下。

「我早已是妳的騎士，一切都遵照妳的旨意。」

如同向女王宣誓效忠的騎士一般，托起我的手親吻。

就在這瞬間——

在難得美好的氣氛中，餐廳的門發出「砰」一聲巨響打開來。

闖進來的是身披黑色長袍的嬌小老女巫，愛麗斯奇特拉。

「咿嘻嘻嘻。小鬼們！現在可不是悠哉聊天的時候。那些吸血鬼已經聚集到結界外，看來他們發現了這裡的入口所在囉。」

「怎、怎麼會？吸血鬼……是赤血兄弟嗎？」

敵人已經找到我們的藏身之處。

「哼，他們要是不來我才煩惱。為了讓他們找到這裡，我還特地身受重傷，好心幫他們帶路。」

但對於凜音來說，似乎代表著情勢按照計畫發展，一切都在他預料的範圍內。

難道凜音昨天之所以會身受重傷，都是為了引導那群吸血鬼發現這裡才故意受傷的嗎？負傷的凜音逃回這個狹間時，敵人肯定會緊跟在後，確定他的去處。

凜音從懷中掏出懷錶，看了一眼——

「好，讓我們盛大歡迎客人吧。」

他臉上浮現隱約的笑意。

在狹間結界「葡萄園之館」內，現在是晚上。

外界也是三社祭結束一星期後的星期六傍晚。

簡直像是預先刻意設定好一般，這個狹間和外界同時陷入黑夜。

「要開始了。」

下一刻，凜音將繫在自己劍柄上的銀鈴取下，讓它發出清脆的鈴聲。

這是從前茨姬送他的銀鈴。

「茨姬，妳拿著這個，按照計畫做。」

「……好。」

我從凜音手中接下銀鈴，放進制服胸前的口袋。

據說這個鈴聲是鑰匙，能夠開啟或關上連結狹間結界與現世的幾個出入口。

凜音已經刻意讓其中幾個狹間的出入口變得容易開啟，引誘早就在外頭埋伏的吸血鬼觀察情況、伺機入侵。

敵人非常慎重，但現在這個時間點，他們的焦慮已然達到頂點，而且這個空間也轉入「黑夜」。在引誘吸血鬼展開行動上，這是至關重要的兩個條件。

「你看，簡直像是活屍。」

大群吸血鬼穿梭在葡萄園中，雙眼在黑暗中閃出光芒，正朝著這棟洋房而來。

渴望鮮血的活死人——我跟凜音手持望遠鏡，自二樓露台從遠處將那群蠢蠢欲動的傢伙看得一清二楚。

「真是亂來，居然把吸血鬼引到這裡來痛宰一頓，你對自己做的狹間都沒有感情喔？這裡一定會變成戰場，你花費大把心思培育出來的葡萄園都會被踩得稀巴爛，搞不好這棟洋房也會被砸毀。」

「……我有心理準備。」

凜音果然是打算在這裡殲滅那群傢伙。

徹底地，讓那個組織瓦解。

想到景色優美如牧歌的這個狹間即將成為遭戰火凌虐的廢墟，我心裡就有點不捨。但凜音的決心如此堅定，我也只能跟著繃緊神經。

「啊，那隻貘呢？」

「我已經送牠到安全的地方避難。這裡是庇護所，當然有難以強行進入的房間。」

「哦～沒想到你挺疼愛那隻小東西呢。」

「……」

凜音沒有任何反應，只是繼續盯著望遠鏡看。

但我可是知道得一清二楚，你每天晚上都跟那隻毛茸茸的小東西睡在一起……

「茨姬，我們來複習一下殺害吸血鬼的方法。砍下頭、刺穿心臟，效果最好的則是讓他們沐浴在陽光下。話雖如此，敵人也很清楚自身的弱點，我們必須要找出他們鬆懈防備的空隙。」

「你未免轉移話題轉得太明顯……算了，那些方法我都記住了。」

「下手絕對不要猶豫，他們原本就是活死人，送他們回歸塵土也算幫他們一把。」

「……」

我側眼瞥了凜音一眼。

原本我一直在煩惱到底該不該說，但惡鬥近在眼前，或許我必須趁現在告訴他。

「凜音，我也有件事想拜託你。」

「……什麼事？」

凜音也瞄了我一眼。

「如果今天晚上，不，不只是今天晚上，以後也是……萬一你碰上雷，拜託不要殺死他。」

「雷？狩人的那個？」

凜音不解地皺眉。

「那傢伙……可是源賴光的轉世喔。」

他的眼神像在指責我：就因為他有酒吞童子的半個魂魄，妳就心軟了嗎？

「我很清楚我們跟他之間橫亙著長達千年的仇恨，可是……雷什麼都不記得。」

「我不懂。妳之前明明那麼恨他。」

「我憎恨的那個人，已經親手殺過他一次了。我的復仇在那一刻就已經結束。」
「儘管他在這一世同樣會威脅到妳和酒吞童子也是嗎？」
「……」
雷應該不會傷害我。
但他對於擁有另一半魂魄的馨卻是恨之入骨。
馨如果有個萬一，一切就太遲了。但儘管存在著風險，雷的體內也沉睡著酒大人的情感。
我能清楚看出他體內相互牴觸的兩個靈魂，是如此深深地折磨著他。
我沒辦法用犧牲他來解決這一切。我總感覺，自己必須好好面對他一次。
這時，從遠方的葡萄園接連傳來野獸的遠吠。
「那是……」
我將望遠鏡抵在眼睛上，觀察遠處的動靜。
沒想到在月夜下，看見瘋狂進攻的兩匹狼。
「這裡的晚上都是滿月。狼人只要看到滿月，就會取回野性，渴求新鮮血肉而展開狩獵。」
「那是薩利塔和吉塔嗎？」
「沒錯。從他們平時可愛的少年模樣，很難想像他們其實是如此凶猛的野獸吧。」
那兩匹狼正在追殺吸血鬼。兩對閃耀精光的眼眸，即使相隔這麼遠的距離我也看得見。
凜音將手指抵住唇，吹出聲響。

儘管距離遙遠，兩匹狼依然沒有漏聽凜音發出的號令，停下追擊吸血鬼的舉動，暫時撤退。

「接下來你打算做什麼？」

「妳看天空。」

我按照他的話抬起頭。

天上有一個坐在掃帚上、身穿黑洋裝及尖頂帽、擁有小麥色頭髮的女巫。

那位美女我曾在相片中看過，那是愛麗斯奇特拉年輕時的樣貌！

「咿嘻嘻嘻嘻。咿嘻嘻嘻嘻嘻。只要喝下『恢復青春』的魔藥，不但肩頸不痠了，腰也不痛了，太爽啦！」

但她講話的方式還是跟平常一樣，就是老太婆女巫的調調。

「來吧，全都來吧！醒過來吧！隱形小管家們，讓他們瞧瞧妖精的厲害。」

愛麗斯奇特拉揮動細木杖，在空中施展西洋魔法陣，將寄宿在葡萄園的「隱形小管家」全都喚醒。

「天啊……」

我忍不出驚嘆出聲。

只見無數光點一瞬間向遠方擴展、散開，簡直像是冬季的燈光秀一般色彩繽紛。

透過望遠鏡來看，光點宛如螢火蟲在夜空中來回飛舞、穿梭。

視覺效果華美無比，然而那些光點直直朝著藏身於廣闊葡萄園中的吸血鬼飛去，如同子彈般無情地貫穿他們的身體。

愛麗斯奇特拉面無表情地高高坐在飄浮於空中的掃帚上，像樂團指揮似地一直輕快揮舞著魔杖。

「是、是邪惡的女巫……」

「與精通西洋魔法的女巫及擅長隱身的妖精為敵，想要全身而退是不可能的。據說愛麗斯奇特拉當初能逃過獵巫行動，就是因為和隱形小管家……也就是妖精立下契約，藉助他們隱身的力量才得以成功。」

原來如此。聽了凜音的說明後，我比較能夠接受眼前的情況。眼見那群吸血鬼一直單方面挨打，讓人有一點分不清到底哪邊才是壞人，但這一役可是家園保衛戰。

「光靠女巫與狼人就那麼厲害了，應該沒有我們出場的餘地吧？」

「沒這回事。兩大權威還是只有我們才能對付。」

喀……凜音的大拇指按住腰際佩劍的劍鍔，輕輕往上推。

他將目光滑向側邊，警戒著背後的動靜。

我也驚愕地回過頭。那裡已經站著上次在波羅的·梅洛的船上見過的兩名吸血鬼。

……我居然沒有察覺到任何動靜。

「凜音呀，我們找你好久喔。你背叛了我們吧？」

臉上濃妝豔抹、身穿中世紀歐洲風格洋裝的巴托里夫人。

「你到底在想什麼？我們可是一直把你當夥伴看，待你不薄。」

臉戴面具、披著披風，聲音沙啞滄桑的德古拉伯爵。

兩人早已侵入狹間，神不知鬼不覺地潛進這棟洋房，我們卻都沒有發現。

凜音雖因背後受敵而有幾分憂慮，但他沉穩到彷彿連這件事也是按照他的計畫進行一般。

「夥伴……？哈。」

他刻意笑出聲。

「少裝了。你們早就知道我會背叛，還故意放任我自由行動吧。因為你們很清楚，能把茨姬抓來的只有我。」

德古拉伯爵摸了摸下巴的鬍子，露出苦笑。

「我早就察覺到你對我們的一些行為有所質疑。但這也是沒辦法的事，因為你不知道異端審判有多麼慘烈。」

巴托里夫人邊搖著扇子搧臉邊說：

「人類這種生物呀，對於立場不同的存在可是極為殘酷，我們只是用同樣方式回敬他們一下囉。只是將過去的慘劇，加倍回報在他們身上而已。喔呵呵呵呵呵～」

她高亢的笑聲持續了一陣子，然後收起摺扇，凌厲指向我。

「來，凜音，把那個小姑娘交出來！她可是今晚魔宴上的復活祭要用的活祭品。我們也會邀請你來參加魔宴的，讓你親眼瞧瞧那個小姑娘變成一個毫無生氣的破爛布偶。」

「我拒絕。」

凜音毫不遲疑的回答，讓巴托里夫人挑了挑眉。

她單手貼著臉頰問「為什麼」。

「如果你跪在地上爬過來舔我的鞋子，哀求說『請妳原諒我，伊莉莎白大人』，我也可以原諒你喔。畢竟我們是同族。特別是你，凜音，你是美麗又珍貴的東洋吸血鬼。我願意用我的權限，讓你戴上項圈成為我一生的奴隸而活。」

她半閉著眼、神情恍惚地說出令人感到一陣惡寒的戲謔發言。

然而，那些話似乎也讓凜音的厭煩及嫌惡達到頂點。

「少說夢話了，醜女人，妳這個淫亂的變態女。」

「你！」

聽到凜音不屑的難聽話語，巴托里夫人露出好似被自己養的狗反咬一口的震驚神情。

接著，她發出不成調的尖銳聲音，用力抓著自己的頭髮。

「等、等等，凜音，你那些話實在太沒禮貌了。」

「囉嗦，我只是實話實說。」

「你要向我道歉，我現在真的非常火大。」

「不可能，這些話我早就想說了。妳老是用噁心的眼神盯著我看。」

凜音完全不聽從她的話。其實不聽也沒什麼關係，只是，他似乎極為厭惡巴托里夫人。不過，看來巴托里夫人原本是相當喜愛凜音。

明顯可以看出他們原本打算重新接納有了背叛紀錄的凜音。此刻我才終於稍微理解，傳言說吸血鬼對於同族相當寬容到底是什麼意思。

「呵，看來他真的很討厭我們。」

聲音沙啞的德古拉伯爵單手扶額，無奈地搖搖頭。

「那就沒辦法了，凜音，就算得殺了你，我們也必須把那個小姑娘帶走，將她的鮮血一滴不剩地全貢獻給吸血鬼，我們終於要連白天的世界都能支配了。」

「沒錯！宰了她！不管是那個小姑娘，還是你，凜音！」

巴托里夫人的情緒像是砸到地面上的甩炮般爆裂。她用力跺腳，發出低級的笑聲。露出本性後，她果然是個徹頭徹尾的醜女人。

話說回來，我一直保持沉默，結果他們就如此大放厥詞。

「有人說要給你們血嗎？」

我的忍耐也到盡頭了。我甩了甩頭髮，器宇軒昂地說道。

那兩個吸血鬼終於正眼看向方才一直無視的我。

「我的東西就是我的。換句話說，我的血是屬於我一個人的。就算我願意分一點給我可愛的眷屬，也不會給你們這些傢伙。」

「閉嘴，妳這個飼料，這裡沒有妳說話的餘地！」

「妳太失禮了！」

一聽到巴托里夫人貶低我的發言，凜音立刻擺好應戰姿態。

「妳以為她是誰！她是我的王，茨木童子大人！」

凜音凌厲的劍氣逼得巴托里夫人一時慌了手腳，露出畏怯的神態。

至於我則低聲嘉許凜音「說得好」，拍了拍他的後背。

「事情就是這樣，所以女王我要逃跑了！」

我俏皮地眨了眨眼，從露台一躍而下。

「逃了？」

德古拉伯爵與巴托里夫人應該會大吃一驚吧。不過這一步也是按照計畫走。在露台正下方，狼身的吉塔正等著我。

「可惡！我去追那個該死的小姑娘！」

「夫人，千萬別殺了她……」

我跨上吉塔的背，他立即迅疾如風地邁步奔馳。遠處依稀可聽到巴托里夫人及德古拉伯爵的對話。

剛剛還想說不曉得會是誰來追我，現在聽來應該是巴托里夫人。

不管是誰，我都得遠遠甩開對方。

趁著凜音絆住另一個人時，我也得趕緊去某個地方才行。

「到處都是吸血鬼……實在有夠像活屍電影！」

我坐在吉塔身上，隨著他快如閃電地穿過如同戰場的葡萄園逃走，同時不停砍倒襲擊我們的大量吸血鬼。

夜晚是吸血鬼最凶暴的時刻。

闖進這個狹間的吸血鬼數量極多，不快點打倒那兩個頭目，就會遭到敵方的人海戰術威脅。

「咿嘻嘻嘻，要我送你們一程嗎？鬼姑娘。」

「愛麗斯奇特拉！」

跨坐在掃帚上的嬌小老婆婆，下一刻飛到我的身旁。

「咦？妳剛剛不是還是個年輕美女嗎？怎麼又變回老婆婆了？」

「恢復青春的魔藥藥效過啦。看來這次又是失敗品。咿嘻嘻。」

「這、這樣呀？上次還爆炸了呢。」

「先不管這個，鬼姑娘，妳看一下後面。」

「嗯？」

由於愛麗斯奇特拉一臉不懷好意，我便回頭一看，才發現巴托里夫人正雙手拉高裙襬、以驚人的速度猛衝過葡萄園，看來就像一頭狂奔的野豬。

「怎、怎麼可能？居然能夠追上狼的速度……」

那副猙獰的姿態令我不禁膽寒，身體微微發顫。夜裡的吸血鬼果然所向披靡。

愛麗斯奇特拉揮動魔杖，「咻」地發射煙火，阻止後方巴托里夫人殺氣騰騰地急起直追。

「目前我們還占上風，但能維持到何時就不曉得囉。我的腰差不多要開始痛了。」

愛麗斯奇特拉「咿嘻嘻～」笑道，飛離我們身邊，「咻」地升上高空。女巫的掃帚真好用。

「啊，看到了，就是那個倉庫！」

吉塔發出「咕嗚嗚」的低吼，跑向位在葡萄園另一側的倉庫後方。

倉庫附近沒有吸血鬼，薩利塔事先幫我們誘開了。我們趁隙開啟後門的鎖進到裡頭，在一片漆黑的倉庫中順了順呼吸。

我看向一直緊握在手中的銀鈴，暗自祈禱凜音平安無事。

德古拉伯爵是統領全世界吸血鬼的第一權威，光看外表就知道不管凜音再強，他也絕非能輕易應付的對手。

「咕嗚嗚。」

「……沒事的。我會按照計畫打倒巴托里夫人。吉塔，你休息一下。」

我讓疲憊的吉塔去倉庫深處待著。

這時傳來外頭鐵門正遭到破壞的聲響。

凜音口中的變態女似乎到了。

「妳在這裡吧……對吧！臭姑娘！妳已經逃不了了。」

巴托里夫人破壞鐵捲門，出現在我面前。她一看到我就面露喜色，瞇起單眼，拖著巨大無比的斧頭朝我走來。

唰哩、唰哩、唰哩……簡直像是劊子手會拿的斧頭。

我不逃也不躲，站在倉庫正中央剛好有光線透過圓形天窗照射下來的位置，等待巴托里夫人過來。

在夫人身後，有一大群吸血鬼跟著闖進來。

「雖然德古拉伯爵叫我不要殺了妳，不過，只要留妳一條小命就好，他可沒說不准我折磨妳！」

巴托里夫人嘴上出言恫嚇，手裡同時大動作揮舞巨斧，三兩下就毀了堆在倉庫中的存貨。塵埃四處飛揚，東西紛紛崩落。她的力氣相當驚人。

「我老早就看妳不順眼了，茨木真紀。自從我們在波羅的・梅洛的船上碰面以來，我早就不曉得在夢裡把妳碎屍萬段多少次！」

說到此刻巴托里夫人的表情，她臉上雖然仍舊掛著微笑，但額頭和臉頰都爆出血管，而且氣息紊亂不已。

看來是因為終於可以凌虐我而感到興奮無比。

「我有對妳做了什麼過分的事，讓妳想要在夢裡殺我千百次嗎？」

「礙眼的女人我通通討厭！除了我以外的女人全都是敵人！妨礙我享用美食、奪走我看上的男人，光是這樣就足以讓我大開殺戒！」

巴托里夫人邁出洋裝下血管浮出的雙腿，朝向我猛力揮下斧頭。

相較於那件沉重的洋裝，她的動作倒是十分靈活，而我一動也不動地用劍接下那一擊。

我硬扛住那重重一擊，靈力相互衝撞、火花四射。

過沒多久，那股勁勢強力反彈，逼得我們都各自退後幾步才能重新站穩。

「妳剛剛說我奪走妳看上的男人？但凜音原本就是我的眷屬。誰要把自己帥氣可愛的眷屬送給妳這麼危險的女人。」

說完，我還附贈一個吐舌頭的鬼臉。

一想到居然有這種變態女覬覦我可愛的眷屬，身為主人無論如何都要保護好他的安危！

「啊啊～我沒辦法再忍耐了，現在就想聽妳跪地求饒。」

巴托里夫人雙眼骨溜溜地轉動，嘴裡還念念有詞，看起來十分詭異。

「早知道當時我就該強行把妳帶走……當時有把妳抓起來就好了……活生生地剖開妳的肚子，拉出妳的內臟，大口喝下妳的鮮血！要是當時就讓一切結束在那艘船上，現在就不需要千里迢迢跑來這種規矩多得要命的小國家了啊啊啊！」

巴托里夫人發出歇斯底里的叫聲，衝動地用巨斧將她身旁的一個吸血鬼劈成兩半。

「什麼陰陽局呀？什麼妖怪工會？不要笑掉我的大牙了！一天到晚都有人追在我們屁股後面跑，阻撓我們吃東西！」

巴托里夫人發瘋似地踐踏那個慘遭飛來橫禍的吸血鬼屍體，恣意宣洩怒火。

聽來在我消失的這幾天，現世裡的陰陽局和妖怪工會跟得很緊，阻止他們到處殺害人類。大家都很努力在守護人類的安全。

間接得知這件事，令我鬥志高昂，也更是堅定了我必須在此打倒這個女人的決心。

「現代的日本很了不起吧？無論人類或妖怪都願意互相幫助，制度相當完善，就算是大名鼎鼎的吸血鬼在這個東方島國也吃不開是吧？」

「妳竟敢瞧不起我們！赤血兄弟可是全世界規模最大、組織凝聚力一等一的非人類組織！我們可是天下無敵的！咕唔……」

巴托里夫人臉色驟然大變，「砰」一聲將巨斧沉沉置於地面，然後從懷中掏出一個小瓶子，慌忙大口灌下。

從她的嘴角淌下鮮紅色的液體。毫無疑問，那是血。

「哈、哈……啊啊，真好喝。」

她原本略顯痛苦的臉上又浮現笑容。

「品質好的鮮血，具有促使吸血鬼亢奮的功效。我身為第二權威，這種優質鮮血要多少有多少，意思就是，我經常攝取這種鮮血。」

「我說呀，妳已經夠亢奮了吧？我倒覺得妳需要的是安定劑。」

「妳閉嘴！不准跟我講話，妳這個飼料！」

巴托里夫人揮舞巨斧劈來，我格劍擋下。

大江山鍛造的劍十分堅硬，不會因為這種程度的攻擊就折斷。

我反過來利用巨斧那彷彿要壓垮我的重量滑開劍鋒，身子一轉就繞到巴托里夫人的背後，順勢揮劍要砍下她的首級。結果——

「這……」

劍砍不進她的脖子。在快要砍到她的脖子時，就被一股強勁的力道擋住，無論我怎麼加強力道，都碰不到她的皮膚。

「蠢貨、蠢貨蠢貨、蠢女人。我不只是吸血鬼，還懂得黑魔術。」

在她的脖子上，有某種我不了解的西洋魔法形成一圈保護，阻止外力傷害。

這一瞬間我才終於明白，凜音剛剛說敵人也十分清楚自身弱點是什麼意思。

「原來如此，滿厲害的嘛。」

巴托里夫人迅速原地轉身，從側面揮來帶著加速度的巨斧。我擋下這一擊，卻連人帶劍一起飛出去，重重撞上堆在角落的無數木箱。

「……唔。」

我警覺地抬起頭，只見背著巨斧的巴托里夫人和渴望鮮血的大批吸血鬼正圍成一圈，低頭盯著我。

「啊哈哈，茨木真紀，這情況真不錯吧。接下來我該怎麼玩弄妳才好？」

「……妳真的很強。至今為止，妳虐待過的人類女性數也數不清，而且妳還把她們全都殺了對吧？機會難得，不如來分享一下妳的英勇事蹟吧。」

「啊？」

再一下下，再一下下就好。我還得再爭取一點時間。

巴托里夫人的心，正因為想折磨我的衝動與想炫耀英勇事蹟的欲望而動搖。

沒多久，她臉上浮現不懷好意的扭曲笑容。

「既然妳都這麼說了，好吧。」

結果她從自己的生平開始滔滔不絕地描述。

「我還是人類時，可是一位身分高貴的伯爵夫人，沒有人可以忤逆我。看不順眼的下女，我就嚴刑拷打，欣賞鮮血四處飛濺的美麗畫面。當時的老公常在我耳邊說，只要多沐浴在年輕女性的鮮血中，就能永保青春美麗。」

夫人臉上露出墜入愛河的少女神情。

「我殺了恰赫季斯城裡的許多少女，死在我手裡的年輕姑娘多到數不清呢。從農民之女到下級貴族的女兒都逃不過，我會用收集來的刑具盡情玩弄她們一番後，一滴不剩地榨取她們的鮮血，蓄積在浴缸裡，再浸泡在裡面休息一下囉。啊啊，那是多麼幸福的時光呀。啊啊啊，光是回想起來，我都要興奮地發抖。」

巴托里夫人萬分陶醉地沉浸在回憶中，但我耳裡聽見的卻是無數的慘叫，心裡十分難受。

一切正如凜音所說，他們確實是無藥可救的殺人魔。

「可是呀，有一天卻被上頭的人發現了。我被人關進牢裡，在看不見一絲陽光的漆黑房間獨自過了好多年。我呀，好想念陽光，實在太過渴望陽光了，還用手指甲一直刮牆壁，結果有一天突然就死了。」

「……」

「等我醒來時，已經變成吸血鬼了。但吸血鬼仍舊沒辦法在陽光下活動，簡直像在名為黑夜的牢獄中長期服刑。」

「那是妳的報應吧。」

「啊哈哈哈哈哈，妳說的沒錯。但今天我就要解脫了。等我大口喝下妳的鮮血，就能踏進陽光普照的自由世界。」

「還自由世界咧……」

這時，我發現臉頰上有血流下，應該是剛才狠狠撞上這些木箱時打到頭了。

無論是巴托里夫人，還是聽命於她的那些吸血鬼，一見到我的鮮血，全都睜大了雙眼。

她渾身顫抖，口水滴個不停，朝我伸出汙穢不堪的手。

「不准碰我。」

我想也不想就揮開那隻手。

「像妳這種女人，當然會惹凜音討厭。他很率真，而妳卻是扭曲到極點。」

巴托里夫人遭我揮開手後，呼吸漸漸紊亂起來，一副現在就想將我生吞活剝的模樣。

她那副德性像是深受香甜鮮血的氣味誘惑，卻被下令「等會兒」的狗。

那我就替她的欲望繼續添柴加薪吧。

我不懷好意地勾起嘴角，拿起手上的劍淺淺劃過自己的手臂。

啪噠啪噠啪噠……鮮紅色的血液汩汩流出、滴落。

「妳、妳發什麼瘋？」

看到我傷害自己的舉動，就連巴托里夫人也面露詫異。

其他吸血鬼也深受鮮血香氣的誘惑，理性全飛到外太空，忍不住就要出手攻擊我。

「你、你們！給我住手！你們是聽不到我的話嗎？」

巴托里夫人也發現情況不妙，大批吸血鬼不聽指揮的失控局面讓她心生畏懼，同時，她自己也深受我鮮血香氣的誘惑，整個人暈陶陶的。

我極盡能事地引誘他們，還用染滿鮮血的拳頭狠狠捶向眼前的木箱。

蘊含在鮮血中的破壞力量令木箱碎裂，震盪出一股勁風將那群吸血鬼都震飛，只有巴托里夫人及時用斧頭側面擋住身體，免於受到爆炸的衝擊。

「呼。」

我自己也朝後方摔去，但立刻站起身，拍了拍制服裙上沾染的灰塵。

由於我早知道自己要施展這一擊，已預先用靈力護住全身，所以一點傷都沒有。

但對那些吸血鬼而言，是遭遇出乎意料的爆炸，全都猝不及防地紛紛倒地。

四處都傳來痛苦的呻吟。這種程度的傷應該是死不了，但也沒辦法立刻恢復行動能力。

時間差不多了。

巴托里夫人，來一決勝負吧。

我手中緊握凜音的銀鈴，輕巧跳出殘破的木箱堆。

「來吧，妳想要我的鮮血吧？惡鬼，來抓我呀～」

是說，我自己也是鬼就是了。

三十六計走為上策。我奔過寬廣的倉庫，朝後門衝去。

我邊跑邊搖動凜音給我的那個銀鈴，頓時鈴鈴作響。

「唔……妳的血，我要妳的血……給我血喔喔喔喔喔！」

巴托里夫人追在後頭。

鈴、鈴、鈴……

我持續搖著銀鈴，衝出後門，來到外頭。

「等一下，妳給我等一下，茨木真紀唔哇啊啊啊啊啊！」

受我鮮血香氣的誘惑而失去理智、陷入瘋狂狀態的巴托里夫人，也氣勢驚人地跟著衝出那扇後門。

「……咦？」

吱吱喳、吱吱喳……

鳥兒在歌唱。

樹木迎風搖曳。

黑夜到了盡頭，正是旭日初升的時刻。

「怎……怎麼會……現在應該是晚上呀。明明……應該還是晚上才對！」

這是山頂一處空曠的地點。巴托里夫人面對她原本絕對不能看到的景色，睜大了雙眼。

那是她絕對不能來到室外的黎明時分。

「抱歉囉，待在那個狹間裡，對時間的感覺會失調。裡頭的時間比起現實世界的時間要慢得多，所以在現實世界早就已經是星期天早上了。啊，我們稱這個為『浦島太郎系統』～」

但巴托里夫人根本沒在聽我說明。

她沒有發現藏在那個狹間結界中的機關，導致她這一刻徹底沐浴在自己最大的弱點──太陽光下。

「……」

可是，為什麼呢？

巴托里夫人凝視著微微透光的天空，還有染上繽紛色彩的世界，淚流滿面。

她的神情宛如少女般純潔無邪，感覺不出一絲邪惡氣息。

「唔、唔哇啊啊啊啊啊啊啊啊！」

但她馬上開始搔抓自己的臉及喉嚨，倒在地上打滾。

「我、我美麗的肌膚，好燙……」

我不曉得她光滑無瑕的肌膚是犧牲了多少條生命才換來的，但現在原本白皙透明的肌膚四處出現焦黑，透著橘紅色的灼熱逐漸裂開、崩解。

她抓著自己的指尖也如焦炭般龜裂、粉碎。

而我只是淡淡地低頭望著她。

「至少，在妳思念的太陽光下一路好走。」

僅僅一瞬間。

我回想起過去的自己瀕臨死亡的瞬間。

在熊熊烈焰中燃燒，如同她一樣逐漸化為灰燼……

「我不饒妳……絕不饒妳，茨木童子。」

儘管身軀因陽光而起火，巴托里夫人依然睜大雙眼狠瞪著我，顫抖而憤恨地低聲咒罵。

「妳跟我有哪裡不同？原本都是人類，後來變成鬼，不是一樣嗎！」

「沒錯，一樣喔，所以我才會被人類殲滅了。」

我不會否認，畢竟我們就連死法都是一個樣。

在犯下諸多惡行這一點上，上輩子的茨木童子跟這個女人或許也差不了多少。

「可惡、可惡……居然被一個小姑娘……」

「……」

「哈哈……啊哈哈。算了。地獄……我會在地獄等妳！」

她拋下最後一句話後，一切都化為灰燼，風一吹就飄散各處。

就連活過無數年月的吸血鬼，死後也是一樣化為塵土。

「……呼，結束了。」

我確定巴托里夫人已死後，便再搖一下銀鈴，回到葡萄園的倉庫。

這間倉庫是連結「葡萄園之館」這個狹間和現實世界的出入口之一。

「吉塔，你沒事吧？」

「咕唔唔。」

方才躲在倉庫後方休息的吉塔一溜煙跑了出來。

見他已恢復精神，我便跨上他的背離開倉庫。

吉塔發出的遠吠，獲得遠處薩里塔的回應後，我們朝洋房奔馳。

「得快點趕去凜音那裡……」

在這個狹間裡，天還沒有亮。

但現實世界中，的確已經天亮了。

這正是凜音設下的陷阱，而巴托里夫人渾然無所覺地中計，放鬆了戒心，才會衝進陽光普照的外頭世界。

巴托里夫人曾說過，她身為人類的一生終結時，是死在連一絲光線都沒有的漆黑房間裡。

在最後一刻能夠親眼目睹長年思慕的金燦陽光，究竟是幸運抑或不幸呢？

她吼著要在地獄裡等我的聲音，現在依然在我的耳裡迴盪著。

〈裡章〉凜音得不到回報的千年

「女人天性著急，才如蝴蝶在身旁翩翩飛舞，轉眼間就又消失得無影無蹤。欸，凜音，你不覺得嗎？」

在庭園的正中央，我與德古拉伯爵對峙著。

我「唰」一聲從鞘裡拔出劍來。

「等一下，凜音，我是來找你談談的。」

「沒什麼好談的，該是算帳的時候了。德古拉伯爵，我要在這裡殺了你。」

「哦，你是真的想殺我呀？」

德古拉伯爵突出下巴，不明所以地笑了起來。

「可是凜音，你辦得到嗎？」

我一劍砍向德古拉伯爵，直接用行動代替回答。

然而，那把劍卻因德古拉伯爵的一句「住手」，驀然靜止在半空中，連他的臉都沒能擦到。

「唔……」

我退後兩步。

德古拉伯爵取下面具，緋紅色的雙瞳發出精光。

「我擁有能夠支配吸血鬼的能力，對於連結淡薄的你效果雖然不強，但你現在應該也親身領會到了才對。我的聲音、這雙眼睛，都讓你不可能殺了我。」

沒錯，這傢伙是創立了「赤血兄弟」的最高層級吸血鬼。

赤血兄弟是一個共享獵物鮮血而存活至今日的同盟組織，因此締結了複雜難解的鮮血羈絆，只得聽命於貴為首領的這傢伙。

我與他們分享獵物鮮血的次數雖然不多，但每次只要這男人的凌厲眼神一掃過來，我內心也會油然而生站在偉大父親面前的敬畏心情，不自覺傾向服從那股壓倒性的權威。赤血兄弟能有這麼高的凝聚力，大半原因其實都來自於這個男人的特殊能力。

不過，這一點我早就摸得一清二楚。

所以我事先取得了足以超越那股力量、具有絕對效力的契約。

我再次擺好架式，毫不遲疑地砍向德古拉伯爵。

「真是的，聽不懂嗎？我都說『住手』了。」

德古拉伯爵一臉胸有成足，甚至沒打算防禦的樣子。見狀，我暗笑在心。

「嗯？」

這次，我一劍將德古拉伯爵的肩膀砍出一個大裂口，鮮血如泉湧般噴出。

第一次攻擊時，我「裝出」他成功阻止我的樣子，伯爵就徹底放鬆了戒備。

「呵，太可惜了，你的支配能力已經行不通，因為我現在完全在茨姬鮮血力量的支配下。」

我勝券在握、志得意滿地說道。

沒錯，我與茨姬之間的眷屬契約，正是打倒德古拉伯爵的關鍵要素之一。

「哦，你已經斬斷和我們之間的連結啦……原來如此、原來如此，那個小姑娘鮮血的力量這麼強呀……」

他恨恨地笑道，從懷中掏出一個小瓶子，用拇指彈開蓋子，一口飲盡。

那是鮮血。吸血鬼將人類的鮮血依照年代及等級分類保管，最高品質的鮮血都會獻給這個男人。

現在他在我眼前喝下的鮮血，想來品質相當出色吧。不過，怎麼樣都不可能贏過茨姬的血。

「凜音，你願意聽我講幾句話嗎？」

「我拒絕。」

「不要這麼冷淡嘛。我的意思是，我想講幾句內心話。」

「……」

我默不作聲，但沒有解除應戰的姿態。

他大概是想藉由談話來爭取時間，好讓肩膀的傷口復原。吸血鬼只要喝下鮮血，自我治癒的能力便會提升。

這一點我很清楚，但我正好也希望多拖延一點時間。一切都是為了利用此地與外界的時間差，借助這些傢伙最害怕的那個東西的力量。

德古拉伯爵或許也早已察覺我的企圖，但他依然抬頭仰望這個狹間結界內的皎潔滿月，雙手負在背後婉婉道來。

「我也是一個活了千年歲月的吸血鬼，中途一度成了人稱佛拉德三世的人類，在歷史上留名。但早在那之前，我就已經活在這個世界上。我可說是吸血鬼的始祖。」

「所以呢？我跟你們不同種族，沒有義務要尊敬你，也沒空聽你講古。」

「沒錯，我們並不同。打從一開始，你跟我們就不一樣。」

我內心開始盤算設計這個男人的時機。

但德古拉伯爵依然故我地往下說：

「自從你出現在我們眼前，知道你是個不怕太陽光的吸血鬼後，我一直認為個中緣由想必出在日本，便私下展開調查。那個小姑娘在叫做淺草的地區相當出名，出乎意料一下子就找到了……真是沒想到，在那種小島國上，居然有拯救吸血鬼的『特效藥』。」

這個男人在長達千年的時間裡，不停搜尋克服太陽光的方法。

說來好笑，結果我倒成了線索，讓這些傢伙發現茨姬的存在。

「凜音，我很感謝你。因為你出現在我們眼前，我們才能循線找到那個小姑娘，獲得長年追尋的答案。」

「什麼答案？茨姬的鮮血才不是你們的特效藥，不是你這種卑賤傢伙可以奪取的東西！她的血，是屬於她自己的！」

不可饒恕！我的怒火逐漸高漲。儘管再三提醒自己要冷靜，但仍克制不了內心的激動。絕不能讓這種傢伙碰到茨姬一根寒毛。

「一切都還來得及。只要交出那個小姑娘，我就原諒你，而且還會感謝你拯救了我們，基於這個莫大貢獻將你立為第三權威，不，第二權威也行。凜音，你會成為我的左右手。」

「我拒絕。」

「……你連想都不想一下呀，真可惜，我一直都特別欣賞你。赤血兄弟是一個龐大組織，你們能逃過一劫的機率連萬分之一都不到。」

德古拉伯爵長嘆一口氣。

他伸手拔出一直插在腰際上那把尖端如針的細劍，嘴角浮現一絲笑意。

時候到了，與這個男人之間的一對一單挑即將展開。

「……啊！」

可是，就在我們擺好對戰架式的那瞬間——

有什麼宛如轟雷般從天直墜而下，德古拉伯爵嘴裡忽然流出鮮血，倒在地上。

我還來不及感到驚訝，就看到倒地那傢伙的背上，插著那把曾經見過的黑刀。

誕生自特殊的煉金術、施予殺害妖怪的詛咒的那把黑刀。

急轉直下的情況令我有幾分措手不及，但現在不是自亂陣腳的時候。

德古拉伯爵的背後，那個男人凜然佇立著。

為什麼，你會出現在這裡？

我冷冷瞪著那傢伙。

「你別想碰到真紀的一根手指，無恥的異國吸血鬼。」

披著黑斗篷的那個男人，狠狠踹了德古拉伯爵一腳，接著拔起那把插在伯爵後背的刀，這次將目標鎖定在我身上。

「你……是狩人，雷！」

「真紀在哪裡？她由我來保護。」

我並非完全沒想過這個男人可能會闖進這裡。

赤血兄弟跟水屑互有聯繫，算是合作夥伴。

正因如此，我才不懂這傢伙為什麼要刺殺德古拉伯爵。

而且那個德古拉伯爵，居然這麼輕易就死了。

「雷……不，你是宿敵，源賴光的轉世！」

行動跑在思考之前，身體率先展開攻擊。

原本應該刺向德古拉伯爵的那一劍，轉而揮向狩人雷。

我的攻擊沒有一絲猶疑，但他將力氣灌進義足，高高躍至空中。

「不，我是酒吞童子。」

他身在高空，透過黑色斗篷的縫隙，用那雙冷酷的眼眸睥睨地看著我。

漆黑而混濁，但意圖明確的目光。那是殺意。

下一刻，他從上方揮落迅如雷電的攻擊。那一擊，我用全身的力量接下。

「……」

沉重無比，幾近要將我壓潰，我卻莫名笑了出來。

「別笑死我，太可笑了，雷。酒吞童子跟源賴光我都很熟，在我看來，你不管怎麼看都不可能是酒吞童子。」

「你說什麼？」

「那傢伙不會有這種眼神。那個男人才不會有這種好像憎恨全世界的目光！」

狩人雷的雙眼看起來如同一灘死水，詛咒著這世上的一切。明明渴望救贖，卻又自己放棄了這個世界。

簡直像過去的我一樣。

但酒吞童子不會有這種眼神。他總是仰望未來，擁有追求幸福的勇氣及骨氣，眼神充滿蓬勃生氣。

他是能朝我伸出手，說「一起活下去吧」的男人。正因如此，茨姬才……

「你不過就是個小偷！偷走了酒吞童子一半的魂魄。你只是令人憎恨的賴光轉世罷了！」

「！」

我憤慨地將交纏的刀劍推了回去，拉開一點距離。

聽了我的話，雷內心明顯掀起波瀾，陷入激烈的自我質疑。

他單手摀住臉，嘴裡不停喃喃自語。

「不是這樣……不是這樣不是這樣不可能是這樣！這是我從出生時就擁有的東西，是上天賦予我的，你不准說我是小偷！」

他再度揮刀向我砍來。

一臉快要哭出來、擁有酒吞童子魂魄碎片的另一位少年。

他身上潛藏的難解業力與殺害妖怪的才能，恐怕超越現世裡所有的人類。

他擁有的靈力，強大到甚至凌駕於茨木真紀及天酒馨之上。

「我也要殺了你！你是覬覦真紀鮮血的吸血鬼，怪物……」

他使出渾身力氣，接連揮刀朝我砍來。

在這傢伙心中，想必認定我也是危害茨姬的妖怪吧。

不過，這傢伙也有弱點。

「我說你呀……我是不曉得你誤會了些什麼，但我可是獲得她的許可才吸血的。因為我是她的眷屬。我跟你不同，我與她之間擁有堅實的羈絆！」

「……唔！」

我充滿煽動性的炫耀話語，在他的心湖引起軒然大波。從他靈力震盪的程度便可窺知這一點。不管怎麼說，他還太年輕了。

「閉嘴！你給我閉嘴……誰管你們這些妖怪！」

但即便他的刀法混亂無比，這傢伙的速度簡直就像亂無章法的雷光，快到看不清。

我漸漸陷入只能防禦的窘境。只要不小心讓那把黑刀掃到，我就沒命了。

「真紀由我來保護。就算她不愛我、不接受我也一樣！」

「……啊？」

「這是我贖罪的方式！如果我不保護真紀，她就會死！」

這傢伙在胡言亂語些什麼呀？

過去將茨姬推下絕望深淵的源賴光，現在卻口口聲聲喊著要保護茨姬這種大言不慚的話。

而且，居然說能保護她的只有自己。

「你該不會是愛上茨姬了吧？」

「！」

黑斗篷下的那張臉，表情道盡了一切。

現在是什麼情況？

一股惱怒猛然襲上心頭，我不由得冷笑幾聲。

明明什麼都不記得了。

不記得你對我們幹了什麼好事！

現在居然還有臉喜歡她、受她吸引！

「你現在是怎樣？你那麼焦躁是因為單戀無望嗎？你是在忌妒酒吞童子嗎？還是想向不會接受自己的茨木真紀表現出你有多努力想保護她，展示你單方面硬要付出的愛意呢！」

「唔……」

是這男人內在的酒吞童子魂魄促使他這麼做嗎？

抑或他只是擅自對茨姬抱有幻想，將理想投射到她身上，渴望獲得救贖而已？

我不曉得答案是哪一個，但總之我現在非常火大。

「你不過是最近才遇見她，少擺出一副自己多愛她的樣子！」

內心的怒火越燒越烈、越加炙熱，激得我奮力揮開那傢伙的刀，轉守為攻，劍勢越發凌厲。

「你既然大言不慚地說要保護茨姬，就不要攻擊我、不要想著殺我！你根本一點都不了解她！不是我自豪，但我要是死了，她肯定會很傷心。」

「……你、你說什麼？」

茨姬確實說過。

要是我死了，她會難過得要命。我將那句話深深刻在心頭。

珍視的人、珍視的地方、珍視的時光、珍視的情感。

保護她，就代表要保護她的一切。

不能毀壞她所珍愛的每一樣人事物。

特別是絕不能殺害酒吞童子。

就算要這樣做才得以保住茨姬的性命，但未來的漫長光陰，也將只剩下無盡的黑暗。遺留下來的人心中有多哀痛，我非常清楚。

連這些都不懂，就不要大言不慚地說愛！

「誰管你的單戀！我可是千年來都沒有得到回報！」

我太過感情用事了，但那似乎也化為力量。憤怒使我壓過雷的攻擊，一舉彈飛了那把黑刀。那一擊強勁到就連我自己都嚇了一跳。

雷不曉得是因為我的話而受到劇烈衝擊，還是因為失去愛刀而茫然失措，一瞬間動作慢了半拍。

我沒有放過那個瞬間，拋下劍，狠狠朝他的上腹部揮拳。

那一拳用上我畢生的所有力氣。

就像是當時的茨姬一般。

「唔哇啊……」

雷沒有想到我會突然出拳。

他甚至來不及採取防禦姿態，被我這一拳打飛出去，越過蓮花池的水面，重重撞上水池另一側的柳樹。

……真是的，茨姬這個女人。

毫無所覺地吸引眾多男人為她痴狂。

然而，無論是我或眼前這傢伙，她肯定都沒辦法回應我們的心意。因為她心底的摯愛，早在千年前就已經決定了。

但她也不會拋下我們不管。

「呼、呼、呼。」

我試圖平緩自己紊亂的呼吸，再拾起剛剛拋下的劍，走到陷入昏迷的雷身旁，舉起劍抵住他的脖子。

我應該在這裡除掉這傢伙。

儘管他擁有半個酒吞童子的魂魄，但這傢伙今後肯定會禍害茨姬。我的內心有道聲音強烈發出警告。

如果茨姬下不了手，就只能由我來做。

沒有必要讓他繼續活著。

可是……

『萬一你碰上雷，拜託不要殺死他。我很清楚我們跟他之間橫亙著長達千年的仇恨，可是……雷什麼都不記得。』

茨姬太天真了。就算他現在什麼都不記得，也無法改變這傢伙是當初砍下酒吞童子首級罪魁禍首的事實。

若說轉世後原本的罪孽就一筆勾銷，那茨姬也不需要背負過去身為大魔緣時犯下的罪才對。因果這種事……

「……」

原來如此。原來是這一番道理呀。

倘若我不希望她背負過往的一切，那我就不能殺了這傢伙。

不能殺了他。

第八章
旭日初升

凜音讓葡萄園之館原本唯美的英式花園染上鮮血後，佇立在柳樹下。

狩人雷被綁在柳樹樹幹上，繩子緊緊纏繞了好幾圈，還精心施上術法以免他逃脫。

「雷怎麼會在這裡？」

我嚇了一跳。他看起來昏了過去，但我完全沒想到雷居然會來這裡。

我從吉塔的狼身下來，戒備地環顧四周。

「難、難道水屑也來了？」

「沒有。這傢伙好像是一個人來的。」

「一個人來？」

意思是，他擅自採取行動，偷溜過來的？

「應該是想從吸血鬼的手中拯救妳，但我跟他對打時，讓德古拉伯爵趁機跑走了。他被雷刺了一刀，肯定受了致命傷，有可能……還躲在這附近，我們不能鬆懈。」

凜音吩咐吉塔詳加調查周圍情況後，後者就快速跑開了。

聽了凜音的描述後，我才明白原來是凜音跟德古拉伯爵正要開打時，雷突然闖進來，一擊就輕鬆打倒德古拉伯爵。但光憑如此還不能斷言吸血鬼已經徹底死了。

原本躺在那兒的屍體，不知何時消失了蹤影。

「凜音，你竟然沒殺了雷。」

老實說，我一直以為凜音絕對不會饒過雷。

儘管我曾鄭重拜託他不要殺雷也一樣。

「制裁這傢伙的人，不該是我。」

「……凜。」

他肯定是歷經好一番掙扎，拚命按捺住衝動，才在最後一刻收手。

肯定是為了我跟馨……

於是，我伸手摸了摸可愛眷屬的頭。

凜音一臉不情願地皺眉，但看起來也像在掩飾害羞，我便大方地繼續摸。

「咳咳，但我現在也依然認為這傢伙還是該……」

他才說到一半，目光就驀地移向上方。

「這……」

不知從何時起，頭上有眾多生物來回盤旋著。

不知道打哪來的蝙蝠，每一隻的眼眸都發出緋紅色的精光。

「這是什麼？這個狹間連蝙蝠都有嗎？」

「不，這是……德古拉伯爵！」

「咦咦？」

我還搞不清楚狀況，腦中一片混沌時，上空傳來了聲音。

『我的名字正是德古拉伯爵，今晚雖然失去人類的樣貌，但只要喝下那個鮮血，我就能恢復原狀——儘管只剩我一人，茨木童子，把妳的血給我吧！』

數不清的蝙蝠形成黑壓壓的黑影，將我團團圍住，猛烈撕咬。

「哇啊啊啊！」

「茨姬！」

數量多到即便我不停揮開也揮不完。

身體各處都傳來被噬咬的刺痛。

凜音拚命砍落包圍住我的蝙蝠，但牠們的數目卻不見減少。

這些全都是德古拉伯爵吧。他跟巴托里夫人那種由活屍變成的吸血鬼還是有高下之別。

這些吸血蝙蝠正是德古拉伯爵的真面目。

『湧出來吧。力量漸漸湧出來吧……這就是傳聞中連太陽光都能克服的茨木童子鮮血的力量嗎——』

糟糕，這樣下去，我的血會被吸乾。

連肉都會被吃得一乾二淨。

「……唔？」

這時，傳來一道奇異的聲音。

劈里、劈里、劈里劈里，好像有什麼東西裂開的聲音。

我連臉上都蓋滿黑色蝙蝠，只能從縫隙中望向傳來聲響的那片夜空。

天空……裂開了。

劈里、劈里劈里，漆黑的天空出現裂痕，從那些裂縫中，閃閃發光的紫色不知名物體垂降下來。

那是什麼？植物？

紫藤花瓣翩然飄落，幾道明亮光線射了進來。

『唔哇啊啊啊啊啊啊啊！』

原本成群纏著我的那些蝙蝠，全都發出尖銳刺耳的慘叫聲，一隻一隻離開我身上。

那些蝙蝠發狂似地飛來飛去，想要尋找一方陰影。

沒多久，裂縫逐漸蔓延至整片天空，夜空破裂、碎開，宛如數不盡的玻璃碎片四處飛散。這個狹間結界似乎要瓦解了。

開滿花朵的藤蔓「咻咻咻」地從天而降。

接著，金黃陽光轟然灑落。

天空突然轉為碧藍色的正午色彩，同時間，遍地傳來哀號。

無論是那群吸血蝙蝠，或仍在這個空間裡的其他吸血鬼，現在根本是度秒如年般難熬。

除了用我的鮮血強硬破壞之外，能辦到這種事的人，我只知道一個。

「真紀！妳沒事吧！」

呼喚著我的名字，從蒼穹翩然而降的，是一位乘坐在巨大漆黑八咫烏背上的黑髮少年。

「馨……」

果然沒錯。

徹底破壞這個空間前來營救我的人，是我前世的老公──馨。

馨不知為何穿著陰陽局的制服，腰際上掛著從陰陽局借來的刀。

他從八咫烏背上一躍而下，朝我直奔過來，一把抱起渾身流血的我，不停呼喚我的名字。

「真紀、真紀，妳振作點！是我！妳怎麼全身都是傷，要快點止血……」

「馨，我沒事，沒事啦，你冷靜一點。」

馨徹底慌了手腳，但我真的沒事。

確實是全身都有細小的傷口，但全非致命傷。

為了讓他盡快安心，我只好暫時放棄躺在他舒適懷抱中的享受，霍然站起身。

我露出溫柔的微笑，低頭望著馨。

「馨！」

「真紀……」

我們自然而然地叫喚對方的名字，我緊緊抱住馨。
馨也緊緊回抱我，用臉頰貼上我的臉頰，伸出大手包覆住我的後腦杓。
「真紀！」
「馨～」
啊啊，是馨的味道。
明明才分開幾天而已，卻有一股彷彿許久未見的懷念感受襲上心頭，幾乎要將我淹沒。
「混帳！妳怎麼突然就不見了！突然就找不到人！妳知道我有多擔心……」
我放鬆身體，整個人靠到馨身上，
「你這個愛操心的傢伙肯定是擔心得晚上都睡不著吧。原本就睡眠不足了，這下子就睡得更少了。馨，對不起。」
我伸手摸摸他的背安撫他。
對馨而言，我失蹤的日數遠比我自己感受到的時間還要多。
他肯定急得到處找我。
雙眼布滿血絲地忙著找我。
一定也去拜託陰陽局了。
趕赴一場又一場我不知曉的戰役。
「不，不是這樣。對不起，真紀，對不起……我應該要多陪在妳身邊，不要只顧著打工、只顧著要準備考試。」

馨不知為何深深自我反省。

明明擅自跑走的人是我。

「打工和準備考試都是人生中重要的事呀。」

「不是這樣的！啊啊，我受不了了。雖然我早就明白，但真紀大人，妳也太悠哉了！」

急得快哭出來的馨看起來既可憐又可愛，好討人喜歡。

許久沒聞到的馨的氣味、沒感受到的馨的體溫，讓我徹底放鬆。

「喂，真紀，妳不要用鼻子磨蹭我的脖子，四處聞來聞去的。」

「因為我實際上已經整整一個星期沒有攝取馨能量了呀。現在一定要努力多補充一點才行。馨能量可是我每天都一定要攝取的養分呢。啊啊～好想咬一口喔。」

「太恐怖了。妳是吸血鬼嗎？」

回到平常的對話模式了。我跟馨對望一眼，輕聲笑了起來。

馨的背後，無數藤蔓「咻咻咻」地從天而降，多位陰陽局的退魔師正抓著藤蔓緩緩降到這個狹間的地面上。

津場木茜慌慌張張地發號施令。在這個狹間裡，恐怕還有一些吸血鬼躲藏在陽光照不到的地方。

他們的目標是將這些餘黨全數殲滅。

「話說回來，你們居然能找到這裡來，到底是怎麼回事？」

我是朝著馨發問，但開口回答的是站在稍遠處守望我與馨的凜音。

「原本就是這麼計畫的。」

「咦？計畫？」

凜音淡淡回答說，這是從波羅的・梅洛那一戰結束後就開始進行的計畫。

「在波羅的・梅洛那一戰後，我一直暗地裡洩漏吸血鬼的情報給陰陽局的青桐。包括赤血兄弟這次要趁三社祭展開行動，我會把茨姬擄到這個狹間藏起來，在那一星期後我要在這個狹間結界內一口氣殲滅所有吸血鬼，還有這個『葡萄園之館』在淺草的出入口等。」

「什麼……」

我驚訝地瞠目結舌。

這個意思是，這一切都是按照凜音的計畫在進行嗎？

「既然如此，為什麼不先告訴我呢！」

我生氣地質問凜音，但他依然一臉理所當然地說道：

「為了盡可能避免洩露消息。他們的情報網和情報收集能力不容小覷，只要有一絲消息走露，計畫就會失敗。茨姬，妳什麼事都寫在臉上，他們一眼就能看出來了。」

「……」

哼，儘管不甘願，但我能明白凜音的考量。

可是被凜音抓來、收凜音為眷屬，然後並肩作戰面對吸血鬼——如果這一切的一切對這個男人而言都只是按照劇本走的話……

「簡單來說……就是把我當成誘餌了吧！」

凜音的嘴角微微上揚，神情像是在說：「是呀，怎樣？」

可惡！哇啊啊啊啊啊啊啊！

「我一定要矯正你這個性格，徹底教育你一下——凜音，你給我在那邊站好！」

我拾起劍往上一揮，馨的雙手穿過我腋下從背後架住我的肩膀，硬是把我往後拖。

「真紀，妳冷靜點！最能預測那些吸血鬼行動的人，就是凜音。只要中間有一個環節出錯，就可能會發展成無法挽回的局面。」

「……咦？」

「在現世，那些吸血鬼紅著眼睛到處找妳，可是落網的總是一些小嘍囉，兩大權威鮮少露面。要將那些傢伙趕盡殺絕，創造出能一舉包圍赤血兄弟大半吸血鬼的局面，確實只能將他們引誘到這個狹間結界裡關起來。」

令人意外的是，馨居然表示能夠理解凜音的行動。

看來應該是我一被抓，陰陽局的青桐就在第一時間告知他這項計畫了吧。

「話雖如此，凜音！你沒對真紀做什麼奇怪的事情吧？啊啊？」

這次輪到馨質問凜音了。

畢竟從馨的角度看來，這一個星期我可是跟其他男人單獨度過呢。他肯定沒辦法按捺住醋意吧。嗯嗯。

凜音對於這個問題的反應是抬起下巴說道：

「哼，我讓她收我為眷屬囉。」

他的神情顯得極為得意。為何？

馨見狀，惡狠狠地瞪向凜音。

「為什麼只是成為眷屬就得意成這樣啦？你為什麼一副很了不起的模樣？」

男人與男人之間的忌妒與對抗意識，在此盤旋高漲。

而夾在中間的我，該怎麼說呢……肚子餓了。受歡迎的女人真辛苦呀。

「茨姬大人，幸好妳沒事。」

「影兒！」

飛落在我大腿上的三隻腳小烏鴉，是我可愛的老么眷屬。

我緊緊抱住他，疼愛地摸摸他的後背和嘴巴。我好久沒抱他了。

「大家都沒事吧？阿水、木羅羅呢？小麻糬有沒有哭？阿虎跟阿熊沒有生氣吧？組長沒有過勞死吧？」

我連珠炮似地一口氣拋出無數問題，影兒眨了眨眼，單隻黃金之眼燦爛生輝。

「是的！大家都很好、很努力。茨姬大人，他們現在在狹間外面待命，等著要接妳一起回去。妳剛消失時，小麻糬哭了一陣子，但馨大人拚命安撫他，我也比平常更常陪他玩喔！」

「這樣呀，太好了～」

聽到淺草的大家都很平安，我就放心了。

反倒是我害大家擔心了吧。好想趕快回去，讓大家親眼看看我活蹦亂跳的模樣。這幾天媽媽不在，小麻糬肯定很寂寞。

「……喂。」

此時，津場木茜悶悶的聲音傳來。

我轉身朝他看去。津場木茜正半跪在綁在柳樹上的那個男人面前，確認他的身分。

「這傢伙是誰？該不會是狩人……雷？」

他似乎察覺到什麼，一把掀開蓋住雷臉龐的斗篷，然後一臉震驚地愣在原地。

糟了——我內心暗叫不好，但我一句話也說不出來，身體也動不了。

「茜，怎麼了？」

馨訝異地看向津場木茜，朝他走過去。

於是，他看見了雷的長相，雙眼越睜越大。

「這、這是怎麼一回事？為什麼這傢伙……長得跟我一模一樣？」

馨艱難地問道。

他的神情滿是愕然，黑瞳因驚慌而晃動。

我握緊拳頭。時候到了，該告訴馨這件事。

「你、你聽我說，馨。」

我下定決心，正要開口的那瞬間——

「……天……」

被綁在柳樹上的雷，發出了幾不可聞的微弱聲音。

我們驀然一驚，才發現雷醒過來了，而且他額頭上的詛咒紋路已然浮現，目光沒有一絲迷惑地冷冷瞪著我們——不，瞪著馨。

「殺了……天酒……馨……」

一切發生得太快，在我們反應過來之前，雷身上迸發的靈力，如驚滔駭浪般迅速向四周擴散。

「？」

那股靈力粉碎、震飛了原本緊緊綁住雷的繩子，逼得站在一旁的我們退到一定距離之外。

彷彿颳過全身的靈力波中，我們只能從波勢的縫隙，勉強緊盯雷的一舉一動。

他彷彿完全感覺不到傷口的疼痛，搖搖晃晃地靠義足站起身。

雷額頭上浮現的詛咒此時已蔓延至右頰，又沿著脖子右側往下遍布右手臂、中指，甚至是指甲尖端。

那是什麼？

暗暗發光的文字看起來十分詭異，令人不寒而慄。

現場的所有人都還沒從雷長得和馨一樣這件事帶來的震驚中恢復神智，現在又因為那個詛咒的緣故，行動變得遲鈍。

「水屑大人，請賜給我殺害那個男人的力量！」

雷連刀都沒拿，義足重重蹬了一下地面。

我們勉強擺出應戰架式。內心雖然深受震撼，但絕對沒有輕敵。

馨跟我守在彼此身旁，前面則是凜音和津場木茜。

我不會讓他碰到馨的一根寒毛。馨也已經做好心理準備，將與眼前這個和自己擁有相同臉孔的少年一戰。

可是——

雷的速度甚至超乎我們的預期，一眨眼就來到背後。

——我的背後。

他伸出纏滿詛咒、透著銳氣的右手，沒有一絲遲疑地貫穿我的背。

從後背透到前腹，貫穿我的身體。

「……啊……」

他的手刀蘊藏著與那把黑刀不相上下的斬妖力量，宛如一把鋒利無比的寶刀。

沒有人預料到這個結果。

每個人都認為雷的目標肯定是馨，注意力也都放在要保護馨這件事上頭。

我也是這麼想的——雷，不會殺我。

我們對錯誤的認知太有自信了。

「雷……你……」

我艱難地將目光投向背後的雷，凜然瞪著他。

「啊……」

雷的神情盈滿驚愕與絕望，簡直像是這個行動也出乎他本人的意料之外。

他渾身劇烈顫抖，慌忙從我的後背抽出右手。

「唔……哇啊……」

那一刻，我的身軀跌落在地，全身力氣漸漸流失。劇痛難耐，我已經站不住了。

我口中吐出鮮血，而且鮮血自身上泉湧而出。

地上積了一大灘依然溫熱的鮮血。

我知道自己的臉和身體已有一半浸在血中，全身只剩下這個感覺。

「這是怎麼回事……這是怎麼回事……這是怎麼回事，水屑大人……」

雷也虛脫般地膝蓋著地，愕然盯著自己染滿鮮血的右手，

「妳不是叫我殺了天酒馨……說會幫我拯救真紀的性命嗎？水屑大人妳回答我啊啊啊啊啊啊啊啊啊！」

他仰天大吼。

水屑。水屑，果然是妳。

妳到底對雷做了什麼？

『唷呵呵，我只是跟旁邊那位銀髮小帥哥一樣。如果要作戲，就得先騙過自己人啊～』

一道令人火大的憋笑聲音傳來。

『唷呵呵，呵呵呵呵，啊哈哈哈哈哈哈哈哈哈，我贏了！贏了！我終於贏過茨姬了！哇哈哈哈哈哈哈！』

啊啊，混帳。心情超級惡劣。

她從不親自加入戰局。

只是從高空直接砸了整盤棋，瞬間顛覆一切。這種徹底破壞的方式，正是她一貫的作風。

對水屑而言，無論是雷或是那些吸血鬼，都只不過是為了這一刻而操縱的棋子罷了。

「……我不會原諒你。」

我拖著腹部開了一個大洞的身軀，緩緩靠近跪在地上一臉恍惚的雷。

「你要是逃了，我絕不會原諒你。」
我又吐出一口鮮血，但眼睛仍緊緊瞪著雷，清楚說出我的想法。
雷雙眼充滿畏懼地回望著我。
用那張跟馨一模一樣的臉、一模一樣的眼睛。
「相反地，只要你不逃避，我就，不再，拒絕你，也不再否認你……」
我不會再逃了，會直視來栖未來的存在。
並讓現場所有人一起設法面對、設法接納你的存在
「所以……握住……」
握住我的手。
不要再回去那個女人身邊。
曾經犯下無數過錯的我和你，從這一刻，一起重新開始吧。
「真紀……真……」
但在雷——來栖未來回握住我的手之前，我的身體就已經不聽使喚。
我直接倒了下去。
猶如插頭硬生生被拔掉一樣，我的眼前頓時什麼都看不見。
只剩下一片白。好冷。連鮮血的氣味都不見了。
「真紀……真紀！真紀妳醒醒啊啊啊啊啊！」

馨在呼喚我的名字。只有這個聲音模模糊糊地傳進耳中。
但我已經看不見馨的身影。
對不起，馨，我可能又要讓你操心了。
這次可能會有點嚴重。
跟以往昏迷時意識逐漸遠去的感覺不同，有什麼力量真真切切地吞噬了我，將我直往下拖。
好深。
直到好深好深的地獄底端為止。

〈裡章〉茜，以及遺留下來的人們

我的名字是津場木茜。

我們才剛成功將吸血鬼同盟「赤血兄弟」一網打盡。

勝利明明已然屬於我們，一切卻在最後一刻風雲變色。

茨木真紀因為狩人「雷」而受了致命傷。

沒有一個人阻止得了這件事發生。

那個與天酒馨長了同一張臉、名為雷的少年，在所有人都仍深陷震驚的時刻，殺氣騰騰地以壓倒性的速度動手，讓我們完全來不及反應。

就連天酒馨和茨木真紀都沒能躲開這場悲劇。

雷電般的一擊。

當聲音響起時，一切已經結束了

僅僅發生在一瞬間的意外。

「真紀、真紀！」

茨木真紀被送到直屬於陰陽局的醫院。

天酒馨臉色蒼白地不停叫著茨木的名字。

老實說，她的情況真的很糟糕，就連我也能一眼看出她性命垂危。

肚子開了一個大洞，流了大量鮮血。

茨木真紀以前就算受了傷也總是活蹦亂跳的，但這次她因雷的一擊倒地後，情況就逐漸惡化。

或許是雷與生俱來的斬妖力量對原本是妖怪的茨木造成某種影響，也可能是水屑的力量所導致的。

茨木真紀被送到加護病房接受治療。

這段時間裡，沒有人能說出一句話。

現場緊繃的沉默裡，就連我也能察覺到周圍令人難以承受的失控靈力。

天酒馨、水蛇、八咫烏、鬼藤、吸血鬼……

珍視茨木的眾人沉重無比的靈力。

真實身分是鵺的夜鳥由理彥和陰陽局的青桐也趕來與我們會合。

「醫生說情況非常危險，這樣下去……只是時間的問題。」

青桐神色複雜地宣告，現場氣氛瞬間凍結。

天酒馨的表情比任何人都難看。

「你說什麼只是時間的問題？」

天酒馨一把揪住青桐的衣領，厲聲逼問。

「難道是說真紀……真紀會死……她會死嗎！」

他明顯慌了。這男人平常總是一臉胸有成竹的酷樣，看了就讓人火大，沒想到他會露出這麼害怕、畏懼的表情。

「馨，你冷靜點。」

鵺拉住天酒馨的肩膀。

現在能讓這傢伙聽話的人，只有鵺了。

「……由理。」

「冷靜點，馨。如果你慌了手腳，我們就無計可施了。」

天酒馨似乎聽進去了，他咬緊牙關、神色壓抑，搖搖晃晃地坐回長椅上。

接著，雙手抱頭，用顫抖的聲音說：

「由理，我看到了。」

「……看到什麼？馨。」

「那傢伙，跟我長得一模一樣。」

那傢伙，指的是雷。那個狩人傷害茨木真紀後，沒有掙扎也沒有逃跑，就茫然失神地讓陰陽局抓了起來。

他的長相跟眼前的天酒馨，簡直是同個模子刻出來似的。

到底是怎麼一回事？失散多年的雙胞胎？兄弟？

不，感覺起來不太像。他和天酒馨的相同之處在於更本質的層面。

天酒馨也察覺到了。

「我一看到那傢伙的臉就知道了。他，就是我。雖然我不曉得為什麼會這樣，但他跟我一樣。跟我一樣，而且還恨我，正因如此……」

他將臉埋進雙手，從指縫中可以窺見他睜大的雙眼，

「為什麼是真紀？為什麼不是我……是真紀？」

他喃喃說出這個讓他十分不解的疑問。

我也完全搞不懂。

「不是的，雷並不是酒吞童子。」

「……由理？」

「狩人雷是源賴光的轉世。」

鵺在這個局面下，將真相告訴他。

想必之前有人下令禁止透露的這個真相。

聽到在退魔師界無人不知、無人不曉的大英雄名字，我也不禁豎耳聆聽。

天酒馨也抬起寫滿絕望的臉龐，反問自己的摯友。

「源賴光的……轉世？那是怎麼一回事？那他為什麼長得和我一樣？」

不過他在組織問題的同時，就自己領悟到了。

「難道是源賴光砍下酒吞童子首級的時候，發生了什麼事嗎？」

天酒馨的呼吸越來越急促。

彷彿是察覺到自己原先不願知曉的一切。

「沒錯。酒吞童子跟雷的長相會一模一樣，就是因為他擁有半個酒吞童子的魂魄。」

鵺依舊冷靜答道。

茨木童子身在現場的眷屬們，也默不作聲地聽著他說的話。

「你還記得『童子切』嗎？那把能斬斷妖怪魂魄的刀。源賴光用那把刀砍下酒吞童子的首級之後，將殘存在『首級』裡的魂魄封進自身體內。馨，你是留在『身體』裡那一半魂魄的轉世。因此千年後的現在，才會演變成這麼複雜的局面。」

「……」

「真紀……她之前就從雷口中得知這件事了。」

我想現場應該還有幾個人早就知道這件事了吧。

但我並不曉得。

天酒馨看來也是第一次聽見這個消息，神情極為震驚。

「哈哈哈……」

他無力的笑聲，空虛地迴盪在現場。

「又是這樣……我什麼都不知情，又讓真紀一個人默默承受。」

天酒馨不停用拳頭捶向自己的大腿。

「可惡、可惡……」

他拚命想將自己激盪的情感壓下去。

他的內心想必十分糾結，不停問著，為什麼茨木真紀不告訴自己這件事？

「不，酒吞童子，這不是你的錯，責任全在我。」

這次輪到銀髮吸血鬼凜音自責起來。

「我當時就該殺掉他的。都是我放過他，才會鑄下大錯。雖因茨姬慈悲寬大的胸襟而動容……但正因為她太善良，才該由我下手殺了他啊……」

凜音也受到相當嚴重的打擊。他額頭抵著牆，勉強支撐住隨時會倒下的身軀。水蛇妖水連一臉擔憂地望著他。

就在這時，加護病房的門打開了。

被推出來的茨木真紀，全身上下貼滿施下各種治療術法的符咒，躺在一個像是膠囊的空間裡。

她被直接推進特殊的靈力病房，我們也跟著過去。

「真紀……」

天酒馨隔著膠囊的透明玻璃，凝視前世妻子沉睡的身影。

她接受了最先進的靈力治療，所有能用的手段全都用上了。

儘管如此，茨木真紀依然沒有醒來。

「茨姬大人，請妳睜開眼睛。」

「我不准妳死在這種地方。」

她的眷屬木羅羅和深影流著淚對她說道。

只有水連推了推單邊眼鏡，冷靜宣告：

「再這樣下去，真紀一定會死的。她的肉體現在雖然還勉強維持著生命，但魂魄並不在這裡。」

水連也是這方面的醫生，一眼就看出茨木真紀的現狀。

「水連，你是……什麼意思？」

天酒馨回過頭。

「就是她幾乎已經死了的意思，馨。」

「……你說什麼！」

天酒馨瞪大雙眼，一把抓住水連。

「你說真紀會死？為什麼！為什麼你可以把這種話說出口！」

「……」

「她不可以死！要是她……要是真紀死了……我……」

說著，他渾身脫力跌落在地。

「要是真紀死了，我就跟著去死！要是真紀死了……那我活著就沒有任何意義！」

他的吼聲迴盪在病房中。

他全身顫抖不已，因絕望而消沉，不顧周圍眼光哭了起來。

我看不下去了，不忍心看到這種場面……

「馨，你的心情我能了解，但同樣的情況下，茨姬活下來了。」

說出這句話的水連，眼神十分冰冷。

「儘管你不在了，她也活下來了。」

他的話裡滿是令人凍結的怒氣。

水連無法克制地對天酒馨講出這句話。

聽了水連的話，天酒馨不知道想到什麼，緩緩抬起頭。

「……」

陷入沉睡的茨姬——

在童話故事中也有一個這樣的「公主」，是叫做睡美人吧？

天酒馨低頭望著昏迷不醒的茨木真紀，顫抖的手輕輕撫著膠囊的表面，位置就落在她臉頰的正上方。他的舉止極為愛憐。

顯而易見，他正極力按捺內心的無盡傷痛與煎熬，但依然無法阻止淚水源源不絕地湧出。

看到那麼強悍的天酒馨現在卻連站都站不穩，整個人頹喪至極，我心裡很難受。

他再也沒有一絲餘裕，極為虛弱。

據說男人這種生物，如果妻子先行離世，很快就會跟著走了。這一刻我終於明白那是什麼意思。男人不善於應付這種時刻。

他們雖然只是一對學生情侶，但在我看來，天酒馨跟茨木真紀並非一天到晚黏在一塊兒的類型，反倒給人一種老夫老妻的感覺。

儘管如此，我仍記得很清楚。

在京都修學旅行那次，茨木真紀找到酒呑童子首級時的激昂情感，還有天酒馨來接茨木時的堅決心意。

那份太過深刻的愛，當時也讓我受到巨大的衝擊。

他們是跟我同年的高中生。乍看之下，就是一對普通的少年與少女。不過，我從沒看過這個年紀的人如此深刻地真心相愛。

但我卻沒能保護他們兩個。

明明我奉命要保護他們，才會待在他們身邊。

到底是在哪一個環節出了錯呢？

不，或許一切打從一開始就錯了。

圍繞著他們的所有因果。

複雜難解的「真相」。

而我還什麼都不曉得。

「……可惡。」

懊悔瀰漫心頭，我低聲咒罵。

一切都太遲了嗎？已經沒有辦法了嗎？

「茨木真紀還有救。」

就在這時……

病房大門突然開啟，一名白袍醫師——不，是教師，走了進來。

叶冬夜，我們完全忘了還有這個男人。

「叶……」

叶再說了一次：

「茨木真紀還有救。大概。」

「大概？你給我說清楚，到底是怎麼回事！」

吸血鬼凜音狠狠瞪向叶。

他一見到叶就迸發出殺氣，想來這傢伙也是真的被逼到極限。

但叶絲毫不為所動，神態淡然地站在沉睡的茨木真紀旁邊。

用那雙看不出任何情緒的眼睛，低頭望著她。

「你們知道有一種祕術嗎？」

聽到叶的這個問題，第一個反應過來的是鵺。

「難道是泰山府君祭……嗎？」

每個人一聽到這個禁忌之術的名字，都紛紛有了反應。

「沒錯，那是讓死者復生的術法。正確來說，那術法是要將魂魄從黃泉之國帶回來。」

我聽得眼睛跟嘴巴都越張越大。

「喂、喂，等一下！泰山府君祭……那個術法早在八百年前就被禁止了，是禁忌中的禁忌！

一旦施展那一招，就會有各種災厄降臨現世。話說回來，能施展這一招的術師，就算翻遍整個陰陽局也……」

我說到這裡，突然醒悟。

不，有人會，有一個人會這個術法。

就是眼前這個男人。他可是大名鼎鼎的安倍晴明的轉世。

「只是如果想施展這個術法，有很多事前準備工作要做。一個沒弄好，茨木真紀的肉體可能會不保。」

「我不會讓她死的。」

水蛇妖水連目光炯炯地平靜表明自己的決心。

「我不會讓她死的，真紀的身體由我來設法撐住。只要她還有那麼一丁點復活的可能性。」

「……」

聽到水連的保證，叶接著將目光轉向一旁的天酒馨。

「既然如此，就得去把茨木真紀的魂魄帶回來。天酒馨，你明白嗎?你有決心嗎?」

這個男人從方才就安靜得不太尋常。

天酒馨緩緩站起身，轉向叶開口：

「叶……拜託你。我什麼事都願意做。不管需要什麼我都會找回來!不管要什麼我都會給你……」

他豁出去了，下定決心將一切都託付給前世的宿敵。

「不管天涯海角，我都要去接真紀回來……拜託你，幫我救真紀！」

「……」

叶闔上雙眼，再緩緩睜開。

接著從白袍口袋中伸出手，開始操作膠囊上的顯示螢幕。

膠囊應聲開啟後，他按住茨木真紀的額頭。

「她體內沒有魂魄，但身體還勉強活著。一般情況是顛倒過來，肉體死後，魂魄才會知道該去哪裡，離開成佛。」

我聽過這件事。在肉體死亡後到成佛之前，還需要花上一段時間。

「你知道這個情況代表什麼嗎？為什麼只有她的魂魄先被召走了呢？原因就在於有人搶先把她的魂魄硬是拖進了某處。」

「……某處？難道不是黃泉之國嗎？」

鵺發問。

現場沒有人明白他到底想說什麼，我也是完全猜不透。

叶臉上浮現諷刺的笑容。

「如果是黃泉之國，那還算好。」

他放開原本按著茨木真紀額頭的那隻手，順勢指出魂魄墜落的地點。

沒錯，正下方。

「——地獄。」

他理所當然般地說出那個場所的名稱。

「茨木真紀的魂魄，掉進了地獄。」

後記

大家好。

我是友麻碧，最近我回了老家一趟時，罹患正在大流行的病毒型腸胃炎，剛從一家全滅的危機中存活下來。是的，真的非常嚴重。

感謝各位不吝撥空閱讀「淺草鬼妻日記」系列第八集。

這次無論封面或者主角都由凜音占據，老公馨完全失去立場，但我會讓馨在下一集努力表現的。嗯，畢竟我這次寫了一個驚天動地的結尾……

在寫這一集故事時，我翻閱了許多有關吸血鬼的資料。吸血鬼實在很有意思，裡頭蘊藏著各種故事，讓我也能夠領略到吸血鬼引起全世界興趣的理由，甚至還萌生了有一天也好想寫主角是吸血鬼的故事的念頭。

總而言之，我們家的吸血鬼凜音，從前剛出場時是個意圖不明又愛裝酷的帥哥，最終則成長為一個為了愛熱血沸騰的男人。就連我本人也沒料想到，他會轉變為一個為愛而生的角色，好幾次我都一邊寫一邊偷笑。

從凜音的視角來描寫大江山時代也是一件很愉快的事。我一直很希望有機會更深入描寫酒吞童子和茨木童子在大江山時代的故事，酒大人跟茨姬這對傻瓜情侶的互動模式讓人感到新鮮，不禁令人會心一笑，原來這兩人也曾有過這樣的階段呀。

故事越來越進入核心了。

下一集的地獄篇，終於要逼近大魔緣茨木童子的真相。

感覺上在地獄會住著一些有趣的居民。接下來當然會面臨不少棘手的情況，但為了拯救真紀的性命，為數眾多的人類及妖怪紛紛展開行動，請千萬別錯過妖怪夫婦的後續故事。

又到了打廣告的時間。

由藤丸豆之介老師所繪製的漫畫版《淺草鬼妻日記》，目前正在pixiv comic的B's-LOG CHEEK上連載，預計五月分將會發行單行本第四集（註1），請各位務必欣賞。故事即將進入佳評如潮的原作第三集修學旅行篇，場面非常盛大。

我的另一個系列作《梅蒂亞轉生物語》第二集，會與《淺草鬼妻日記》第八集在同一天上市。這個系列也要非常感謝大家的愛戴，已經屢屢再版、好評不斷，懇請各位持續多加關注。漫畫版也正在月刊《G Fantasy》連載中。

親愛的責編。

這次為了完成原稿，在忙碌紛擾的年關時節中受你關照了。你總是能一針見血地指出我的問題，感激不盡。

插畫家あやとき老師。

傲然佇立的凜音充滿魅力，也要謝謝您畫出了真紀和凜音之間絕妙的距離感。

還有，各位讀者。

我能將自己想寫的故事在這個系列中盡情描繪出來，真的十分幸福。酒呑童子和茨木童子延續千年的因果故事，終於要迎來高潮，往後我也會繃緊神經、全神貫注地面對這個系列。接下來的故事會越來越精彩，希望大家也能陪著我一起走到最後。

我的目標是秋季時出版第九集。

衷心期待透過下一集故事與大家交流的那一天早日到來。

友麻碧

註1：後記提及的均為日本出版資訊，書名為暫譯。

輕文學 Light Literature

在妖怪旅館中，葵以美味料理對抗命運，
展開一段讓人越看越餓的的奮鬥故事！

妖怪旅館營業中 1~10

友麻碧／著　蔡孟婷／譯

「天神屋」座落於妖魔鬼怪棲息的隱世，是間老字號的妖怪旅館。善良的女大學生葵，某天突然被天神屋的「大老闆」抓走，他聲稱葵是祖父欠下巨債的「擔保品」，必須嫁入天神屋。不願從命的葵發下豪語——要憑自己的手藝在天神屋工作還債，卻引起妖怪們群情激憤……

定價：NT$280~320/HK$85~98

輕文學 Light Literature

夏天即將到來，但葉二與真守卻將面臨戀情的最大危機？
甜蜜的園藝戀愛物語，第四集美味登場！

陽台的幸福滋味 1~4

竹岡葉月／著　古曉雯／譯

栗坂真守和帥哥兼陽台菜園宅亞瀉葉二，兩人既是情侶，也是鄰居。
在迎來夏季以前，接二連三遇上財務危機的真守，總算找到了舊書店兼職工作，讓真守的缺錢危機解除！但……去年向她告白過的佐倉井同學竟也在舊書店打工？而兩人一起工作的模樣，竟被葉二碰巧撞見……

定價：各 NT$260~280/HK$78-85

國家圖書館出版品預行編目資料

浅草鬼妻日記．八，妖怪夫婦與吸血鬼共舞 / 友麻碧作；莫秦譯．-- 初版．-- 臺北市：臺灣角川，2020.09

面；　公分．-- (Kadokawa light literature)(角川輕．文學)

譯自：浅草鬼嫁日記．八，あやかし夫婦は吸血鬼と踊る。

ISBN 978-986-524-000-4(平裝)

861.57　　109010787

輕文學 Light Literature

淺草鬼妻日記 八 妖怪夫婦與吸血鬼共舞

原著名＊浅草鬼嫁日記 八 あやかし夫婦は吸血鬼と踊る。

作　　者＊友麻碧
插　　畫＊あやとき
譯　　者＊莫秦

2020年9月10日　初版第1刷發行

發 行 人＊岩崎剛人
總 編 輯＊呂慧君
編　　輯＊溫佩蓉
美術設計＊李曼庭
印　　務＊李明修（主任）、張加恩（主任）、張凱棋

台灣角川

發 行 所＊台灣角川股份有限公司
地　　址＊105台北市光復北路11巷44號5樓
電　　話＊（02）2747-2433
傳　　真＊（02）2747-2558
網　　址＊http://www.kadokawa.com.tw
劃撥帳戶＊台灣角川股份有限公司
劃撥帳號＊19487412
法律顧問＊有澤法律事務所
製　　版＊尚騰印刷事業有限公司
I S B N＊978-986-524-000-4